KB042964

거행

귀행 5

초판 1쇄 인쇄일 2014년 11월 12일 | **초판 1쇄 발행일** 2014년 11월 13일

지은이 손연우 | **펴낸이** 곽중열 | **담당편집 팀장** 이범수
편집부 신연제 이윤아 김호성 김은경

펴낸곳 (주)조은세상 | **출판등록** 제 2002-23호
주소 경기도 연천군 미산면 청정로 1355
TEL 편집부 02)587-2966 | FAX 02)587-2922
e-mail bukdu@comics21c.co.kr

ISBN 979-11-5512-785-8 | ISBN 979-11-5512-521-2(set) | 값 8,000원

NEO ORIENTAL FANTASY STORY

손연우 신무협 장편소설

⑤

겁생

북두
좋은세상

귀행 5

NEO ORIENTAL FANTASY STORY

CONTENTS

第1章

第 1 章.

1

정확히 두 개였다.

남궁민이 가져온 서문평이 보냈다는 서신들이 말이다.

남궁민의 벌게진 얼굴과 거친 숨소리를 보건대 무리해서 경공술을 펼친 듯했다. 워낙 상황이 긴박하여 그리했지만, 그 표정이 말하는 참담함이란.

"……마, 말한 그대로입니다."

오죽하면 건네는 남궁민의 손이 수전증이라도 걸린 것처럼 떨렸을까.

남궁문희를 비롯한 무림맹의 주요인사들이 그 서신들을 보았다. 그리고 하나같이 비통에 젖은 서신의 주인 서문평을 바라봤다.

"……!"

마지막으로 자신에게 오는 서신을 받은 서문평의 손이 파르르 떨렸다. 힘겹게 떨어진 입술이 말하는 진실은 참혹했다.

"……이건, 제가 보낸 게…… 마, 맞습니다."

나온 목소리도 애처로울 정도로 흔들리고 있었다.

"이럴 수가!"

"남궁일 대협께서…… 말도 안 돼."

사람들에게서 장탄식이 터져 나왔다. 마주한 진실의 무게가 전하는 참담함에 얼굴빛들이 좋지 않았다.

지독한 불신.

소군은 중인들의 표정에서 그걸 읽어드렸다. 득의만만한 미소를 지은 그녀가 독고월 쪽을 바라봤다. 지금 그가 느낄 무림맹에 대한 환멸이 중요한 그녀였다. 마침 그의 목 언저리로 보이는 붉은 반점이 눈에 들어왔다.

북리강과의 비무에서 수를 쓴 그것은 굉장히 중요한 역할을 해줄 것이다.

독고월, 그 스스로 정파를 떠나게 할 아주 중요한 계기 중 하나였다.

북리천극쪽 인물이 심사관을 매수해 독고월을 중독시키려 했었다. 그건 무색무취의 특별히 제조된 산공독이었다. 들통이 나지 않을 정도의 미량만 썼기에 그들은 안심했을지도 모르지만.

세상에 영원한 비밀 같은 건 없다.

마교의 첩보망에 걸려들었고, 소군이 이걸 그냥 지나칠 리 없었다. 그리하여 심사관이 무장점검을 하면서 독고월에게 바를 산공독을 미리 바꿔치기했다. 생명에 지장을 주진 않지만, 피부에 큰 부작용을 일으키는 남만에서만 산다는 와독(蛙毒)으로 말이다. 잠복 기간이 있어서 알아차리기도 어렵고, 독이라고 하기엔 우스운 것이기에 초절정고수라도 알아차리기 어려웠다.

지금쯤 그 심사관도 독고월처럼 피부에 큰 문제가 일어났을 터.

그보다 더 좋은 증거가 어디 있단 말인가.

이미 당시의 심사관 신병은 확보해뒀다.

만약 독고월이 이 사실을 안다면, 어찌 나올지 가늠이 되지 않았다. 이 모든 걸 이용하여 신교의 호의로 포장해서, 신교로 끌어들일 재간이 소군에겐 있었다.

독고월.

모든 건 그를 영입하기 위해서였다.

며칠 전 객잔과 멀지 않은 들판에서 벌어졌던 야밤의 사단도 소군의 작품이었다.

처음엔 소군도 강력한 최음제를 모용설화와 독고월에게 배포해, 상황을 엉망진창으로 만들 작정이었다. 독고월을 정파에 발붙이기 어렵게 하기 위해 준비한 수였다.

소군과 독고월이 이야기하던 도중에 숨어있는 멍청한 모용설화 계집 덕분에 일은 무척 수월했었다.

그녀가 준비한 최음제는 여인의 방향과 무척 똑같았으니까.

바람이 부는 방향도 마침 모용설화의 등 쪽에서였다.

하지만 벌어진 상황은 예상 밖이었다.

놀랍게도 독고월은 초인적인 인내력으로 최음제를 이겨내는 것도 모자라, 모용설화를 구해냈다.

무위도, 인내심도 참으로 대단한 사내였다.

이미 한 번 잠자리를 한 상대인지라 별로 거리낌 없이 안을 거라 여겼는데, 막대한 내공으로 최음제의 기운을 찍어눌러 없애버릴 줄이야.

소군이 죽은 군백을 통해 북리강에게 미리 언질을 준 의미가 사라진 순간이었다. 대신 북리강은 독고월과 모용설화의 관계를 알게 됐다. 지금은 쓸 수 없게 되어 아쉬운 일이지만, 상황은 그녀의 예상대로 흘러갔다.

사실, 소군이 모용설화와 독고월의 밀월 관계를 알아차린 건, 서문평의 불장난이란 말에 격앙되게 반응했던 모용설화 덕분이었다.

한데 그런 관계임에도 모용설화를 그냥 놔두다니, 줘도 못 먹는 멍청이일 줄은 꿈에도 몰랐다. 그런데도 호기심은 더욱 생겼다. 정파의 위선자들과는 분명히 다른데, 끝내주는 실력에 어울리는 사내다움이 있었다.

패도지향인 소군의 입장에서 독고월은 최고의 사내였다. 사람 잘 죽이고, 제멋대로인 점이 그녀의 마음에 쏙 들었다. 이 강호에서 신진협객이라고 칭송받는 건 오해에서 비롯된 게 분명했다.

독고월은 어디선가 죽어 나자빠진 남궁일 같은 협객이 절대 아니었다.

그간 지켜보고 내린 소군의 결론이었다.

지금도 울고 있는 서문평을 내려다보는 독고월의 눈빛은 차가웠다.

"으으, 으윽!"

제가 보낸 서신으로 얼굴을 가리며 오열하는 아이를 내려다보는 그 시선을 마주하는 상상만으로도 몸서리쳐질 정도였다.

냉정한 그 시선의 끝에서.

감당키 어려운 슬픔과 자책에 서문평은 연신 사죄했다.

"죄송합니다…… 정말 죄송합니다. 제, 제가 잘못했습니다. 제가 쓸데없는 서신을 써서…… 남궁일 대협을 사지로 몰아넣었습니다. 못난 놈이 쓸데없는 짓을 했습니다. 으흐흑!"

울음을 참아내며 폐부에서 쥐어짜야 나올 어린애의 목소리였다.

13

멍청한 에세끼.

소군은 조롱 어린 눈빛을 했다.

서문평을 보는 모두의 시선도 곱지 않았다. 하나같이 인상을 일그러트리고 있었다.

시기적절하게도.

저벅저벅.

바닥에 엎드려 우는 아이를 향해 누군가 다가가는 중이었다.

북리천극, 바로 그였다.

"네놈이 인의무적 남궁일, 그 친구를 사지로 몰아넣었구나. 대체 누구의 사주를 받은 것이냐!"

"네, 네?"

청천벽력같은 외침에 서문평이 놀라 얼굴을 들었다. 무슨 소리를 하는지 영문을 모르겠다는 듯이, 고개를 흔들었다. 신형도 애처롭게 떨렸다.

소군의 눈초리가 가늘어졌다. 무림맹주 북리천극의 의도가 눈에 읽혀서다.

"공지!"

벼락같은 북리천의 일갈에 뒤에 시립해있던 비각주가 얼른 나섰다.

"네, 맹주님!"

"당장 이놈을 비각으로 끌고 가 문초를 하도록, 분명 남궁일 그 친구의 죽음과 연관이 있을 터. 어쩌면 본 맹주가 봤던 그 서신도 조작되었을 가능성이 크다!"

"네!"

비각주 공지가 얼른 포권했다.

여우처럼 빠져나가려는 그 행동에 소군의 눈살이 찌푸려졌다.

빠드득!

이갈림 뒤에 이어진 말은 더욱 가관이었다.

"어쩐지 그간 같이 다닌다고 했더니, 저 간악한 마교 계집과 연관이 있는 놈이었구나! 네놈이 마교의 앞잡이가 아니고서야 어찌 감히―!"

계속해서 몰아붙이는 통에 서문평은 겁에 질렸다. 바람결의 사시나무처럼 떨어댔다.

북리천극은 격노는 끊이지 않았다.

"당장 이놈을 데려가지 않고 뭐하는 게냐! 필히 남궁일을 죽인 마교 연놈들과 연관이 있다가 못해 지대한 역할을 했을 터!"

"맹주!"

뒤집어씌우려는 그 졸렬한 수작에 소군이 바락 소리 질렀지만, 장소가 좋지 않았다.

차차차차창!

주위에 있던 무림맹의 고수들이 일제히 검을 뽑은 것이다.

15

히나같이 걱분힌 얼굴이었다.

일견하기엔 남궁일 대협의 죽음에 영향을 끼친 서문평과 소군은 같이 등장했고, 친근하게 대화까지 나누었다. 정황상 꽤 같이 있었던 걸로도 보였다.

북리천극이 흥흥한 미소를 지었다. 하늘이 자신을 돕고 있었다.

"감히 이곳에 기어들어와서 분탕질을 치는 것도 모자라, 분열까지 시키려 하다니. 과연 간악한 마교도 답구나."

"……."

소군은 어처구니없다는 표정으로 주위를 둘러봤다.

당사자나 다름없는 남궁세가와 친분이 두터운 단목세가, 모용세가 쪽 인물은 가만히 있었다. 아니, 모용선은 한 발 나서는 쪽을 택했다.

"이번만은 맹주를 돕지 않을 방법이 없구려. 마교의 간악한 계집이 놀리는 세 치 혀에 놀아날 순 없지요. 지금이야말로 중지를 모아야 할 때요!"

챙!

모용선은 애검까지 뽑아 겨눴다.

"고맙소, 모용 가주!"

천군만마를 얻은 표정을 지은 북리천극이 소군을 바라보며 비릿하게 웃었다. 남궁일과 둘도 없는 친우로 알려진 모용선이 나선 탓에 분위기가 자신 쪽으로 흘렀다.

모용선의 가세는 정말이지 의외였다. 그래서 소군은 낭패한 얼굴로 허탈한 웃음을 흘렸다.

설마 이 정도로, 뼛속까지 썩어있을 줄이야.

소군이 손을 들자 비강시 열 두기가 그녀를 보호하는 형세를 취했다.

"……그 말은 신교와 척을 지겠다는 거군요."

"그거야 조사해보면 알 터, 공지! 뭐하는가? 어서 마교도로 변절한 게 틀림없는 간악한 어린놈을……!"

북리천극의 외침은 뚝 멈추었다. 서문평을 결박하려던 공지와 무인들이 하나같이 멈춰서 있어서다.

스르릉.

누군가 그들의 앞을 가로막으며 낸 발도 소리 때문이었다.

등골을 서늘하게 만드는 경고다.

거기다 서문평을 뒤에다 둔 형세였다. 그게 말하는 바는 너무나도 명확했다.

듬직한 사내의 등이 눈앞에 있는 건 꿈만 같은 순간이었다. 믿어지지 않는 듯이 큼지막한 눈을 껌뻑이며 비벼도 여전히 눈앞에 있다. 서문평은 오열을 터트리고 말았다. 이래선 안 됐다.

"혀, 형님!"

서문평 앞을 가로막아선 이는 용봉대전의 우승자.

독고월이었나.

2

괴괴한 침묵이 감도는 단상 위.

"……."

독고월은 후회가 됐다. 서문평을 막아선 걸 말하는 게 아니었다.

어째서 서문평을 좀 더 빨리 내치지 못했을까?

그게 독고월이 가진 후회였다. 이런 시체 썩는 냄새보다 더욱 지독한 악취가 나는 곳엔, 쥐뿔도 모르는 애송이가 있으면 안 됐다. 이 추악한 진실들을 알면 안 되는 건데. 아직 이런 추악한 면모를 봐선 안 되는 순수하다 못해 멍청한 애송이다.

"이러면 안 돼요, 형님. 이러면 안 된다구요. *끄윽!*"

아직도 제 주제 파악 못 하고, 남 걱정부터 한다.

독고월로서는 신경질이 나는 상황이었다.

아무리 매몰차게 대해도 더럽게 말을 안 들어 처먹으니 도리 없지. 그러니깐 이건 애송이가 자초한 거다.

배알이 절로 꼴려온다.

말 안 들어 먹는 애송이는 정말이지.

"짜증난다."

스윽.

내뱉은 말과 달리 독고월은 서문평을 향해 남은 손을 내밀었다.

서문평은 그걸 흔들리는 눈망울로 바라봤다.

"……!"

믿을 수 없었다. 평소의 그를 떠올리면 있을 수 없는 일이었다. 지금 손을 내민 사람이 독고월이 맞는지 의심마저 됐지만, 서문평은 내민 손을 잡지 않았다. 큰 눈엔 모종의 결심마저 서려 있었다. 만약 지금 자신이 손을 잡으면 독고월까지 연루될 수도 있는 일이다.

절대로 그래선 안 됐다.

서문평이 고개를 도리질 쳤다.

"시, 싫습니다. 누구십니까? 왜 제게 손을 내미시는 겁니까!"

"……."

이게, 앞서 실컷 형님이라고 부를 땐 언제고 이제 와서 발뺌이야? 내민 손 무안하게!

독고월은 속이 부글부글 끓었다. 설마 거절 받을 줄 몰라서 인상부터 썼지만, 서문평이 어떤 마음으로 거절하는 줄 잘 알고 있었다.

멍청하게 또 남 걱정을 하는 거겠지.

그랬기에 나온 목소리도 곱지 않았다.

"아서라, 쥐뿔도 모르는 어린놈의 새끼! 손 좀 잡았다고 욕먹을 일 없다. 욕먹어도 내 알 바 아니고."

"……!"

"네까짓 놈 손잡아도 난 상관없으니까. 내민 손 어색하게 만들지 말고 잡아."

독고월의 날 선 명령에도 서문평은 고개를 좌우로 흔들었다.

"……그럴 수 없습니다!"

"뭐? 혼날래?"

"시, 싫습니다!"

"이것 봐라, 아직도 상황파악 못 하지?"

꽈악!

계속된 반항에 기어코 멱살을 잡아 일으켜 세운 독고월이었다.

서문평이 대롱대롱 매달렸다.

"놓으십시오! 이거 놓으시란 말이오!"

벗어나려고 버둥대는 꼴이 심히 우스웠지만, 독고월은 웃지 않았다. 어떻게든 피해 안 주려고, 벗어나려 애쓰는 서문평을 보자니 도로 내려놓을 수밖에.

꽈당.

바닥에 엉덩이를 찧은 서문평이 신음성을 냈다.

"아……!"

퍼뜩 정신을 차린 서문평은 얼른 독고월에게서 벗어나려고 했다. 당연히 생각으로만 그쳤다. 독고월에게 뒷덜미가 잡힌 채 도로 원위치 된 탓이었다.

"이거 놓으십시오! 대체 누구시기에 소제에게 이러시는 겁니까!"

모른 척 하려면 제대로 하던가.

"소제? 소제라는 건, 서로 의형제라도 맺은 건가?"

누군가의 의문스러워하는 반응은 당연했다.

서문평이 화들짝 놀라 소리쳤다.

"이런 사람 모르오, 난! 처음 보는 사람이란 말이오. 당신이 뭐기에 남궁일 대협을 죽게 만든 제게 이러는……!"

격앙된 서문평의 반항은 채 피지도 못했다.

슥슥.

독고월의 손이 서문평의 머리를 헝클어트렸기 때문이었다.

그 모습에 모두가 놀랐다. 그리고 이어진 독고월의 말은 소군마저 말문을 잃게 하였다.

"네놈 탓이 아니다."

"무, 무슨 알아 들어먹지 못할 소리를 하십니까!"

서문평이 반항적인 눈초리로 올려다봤다. 그러나 또다시 이어진 말에 눈동자가 잘게 떨렸다.

"네놈 탓이 아니라고 했다."

"……대체 무슨 소릴 하시는 건지 모르겠습니다."

서문평이 벌게진 얼굴로 소리쳤지만, 목소리는 앞서보다 작아졌다. 처음으로 독고월에게 새된 소리까지 지른 게 미안해서가 아니었다.

심금을 울리는 무언가 담겨 있었다.

독고월의 반응도 놀라울 지경이다. 입가에 미미한 미소까지 띄운다.

"네놈 탓이 아니다."

"아닙니다! 제, 제 탓이 맞습니다. 저 같은 놈 때문에 남궁일 대협께서 죽은 게 맞다고요. 끅, 끄윽! 제가 멍청하게 서신을 보내지만 않았다면 절대로 그런 일은 일어나지……."

서문평이 말하던 와중에 왈칵 울음을 터트렸다. 이어진 나직한 목소리에 실린 웃음기가 준 안도감이 원인이었다.

"네놈 탓이 아니라는데도."

말을 막는 확언에 서문평은 눈망울은 애처롭게 흔들렸다. 희뿌연 해진 시야에 독고월의 모습이 보이질 않았다. 분명 처음으로 자신에게 웃고 있는 것 같은데, 수막에 가려 볼 수가 없었다.

이렇게 억울할 수가.

다른 쪽으로 억울해하는 서문평의 심경을 읽기라도 한 건지.

독고월은 진한 미소를 지었다. 그리고 깊게 숙인 서문평의 뒤통수를 쓰다듬던 손을 거두는 척하며 탁! 소리 나게 쳤다.

"아얏!"

서문평이 짤막한 비명을 내지르며 제 뒤통수를 어루만졌다.

어린애다운 반응에 주위의 시선이 집중됐다.

주의를 환기한 것이다.

천천히 돌려지는 독고월의 신형, 입가에 머물었던 미소는 온데간데없었다.

북리천극은 독고월의 시선 끝에서 신형을 부르르 떨었다. 이어진 말 때문이었다.

"어디 할 짓이 없어서 쥐뿔도 모르는 애새끼에게 덤터기를 씌워? 나 참……."

입꼬리마저 슬쩍 올라간 상태로 독고월이 이어 말했다.

"……살다 살다 별, 개 같은 상황을 다 보지."

"……!"

그 비아냥거림에 북리천극을 비롯한 지켜보던 이들은 물론!

소군까지 벌려진 입이 다물지 못했다.

독고월은 나가도 너무 막 나갔다.

3

"지금 뭐라고 했는가!"

진노한 음성이 터져 나왔다. 무림맹주의 수신호위 관충이었다. 도를 넘어선 비아냥거림은 도저히 넘길 수가 없었다.

이곳은 무림 명숙들이 자리한 곳이다.

독고월의 발언은 이 자리 모두의 권위에 대한 명백한 도전이었다.

군웅의 분위기도 대번에 싸늘해졌다.

쯧쯧! 혀를 차는 이들도 있었고, 분기탱천보다 더 나아가 살기까지 내비치는 이들도 있었다.

군웅의 살벌한 시선이 독고월에게로 집중된 것이다. 단상 위는 순식간에 독고월을 때려죽일 놈으로 보는 분위기가 형성됐다.

지켜보던 소군의 눈매가 가늘어지는 순간이었다. 의도했든 안 했든 지금 군웅의 머릿속엔 오로지 독고월만이 유일했다. 조금 전까지 죽일 놈이었던 서문평은 이미 그들의 머릿속에서 사라졌단 소리였다.

서문평.

소군은 그 꼬맹이에 대한 평가를 수정해야 할 필요성을

느꼈다. 독고월이 이렇듯 나서서 보호해주는 모양새를 보건대, 둘 사이에 겉보기와 다른 유대관계가 존재하는 듯했다.

"……."

어찌 됐든 이곳의 상황은 소군이 원하는 대로 흘러갔다. 조금 전 발언으로 독고월은 정파 즉, 무림맹에 발을 붙일 순 없게 되었다.

이렇게 쉽게 풀릴 줄이야.

이 자리에서 살아남는다고 해도, 독고월의 방약무인한 말과 태도는 삽시간에 강호로 퍼질 터.

예를 중시하는 꽉 막힌 정파놈들이 어떻게 나올지 뻔하다.

용봉대전의 우승자란 허울 좋은 이름은 끝장이다.

무림맹주 북리천극의 흉흉한 눈빛만 봐도 알만하지 않은가.

"지금 뭐라고 했느냐고 묻지 않는가!"

성난 관충의 일갈은 계속됐다. 당장에라도 검을 휘둘러 놈의 목을 잘라내고 싶지만, 인내하고 있었다. 만에 하나를 생각하고 있는 것이다.

혹 그 말한 주체가 마교일 수도 있으니까.

독고월은 관충이 가진 일말의 주저함마저 날려버렸다.

"귓구멍이 막힌 것도 모자라, 콧구멍마저 막혔나. 두 번 말하게 할래?"

25

"……!"

군웅은 분노를 넘어선 어이없음을 느꼈다.

강호용봉회의 후기지수들은 믿을 수 없었다. 이 강호의 신진협객으로 기대받는 자의 언행과 태도가 아니어서다.

얼굴이 하얗게 탈색된 모용세가의 남매는 어찌할 바를 몰랐다. 이렇게 나오면 자신들이 나서도 수습은 절대 불가였다.

특히 모용설화는 절망감마저 느끼고 있었다. 지금 그녀는 독고월과 붉으락푸르락해진 모용선을 번갈아 봤다.

이대로라면 돌이킬 수 없다.

모용설화의 눈에 모종의 결심이 서린 순간.

덥석.

손을 뻗어 막는 이가 있었다. 모용준경이었다.

모용설화가 흔들리는 눈망울로 바라보자, 모용준경은 고개를 가로저었다.

우리가 나설 데가 아니라는 거다.

모용설화는 반발심이 들어 손을 빼려 했지만, 손목을 잡은 모용준경의 손아귀 힘이 너무 굳셌다. 부상당한 사람의 힘이 아니었다.

사삭.

모용준경은 남은 손으로 목탄을 놀렸다.

"……!"

목탄이 그리는 글자를 본 모용설화의 눈동자가 점점 커졌다.

신(信).

독고월을 믿으라는 것이다.

모용설화는 글자에서 시선을 떼 모용준경을 바라봤다. 그녀의 오라버니는 한숨을 내쉬었다.

'네가 낄 자리가 아니다.'

라는 뜻이 담긴 눈빛에 모용설화는 입술을 깨물었다. 하지만 더는 반항하지 않았다. 이미 그녀의 시선은 독고월에게로 향해 있었다.

"조심해요!"

떨리는 붉은 입술까지 벌려 경악 어린 외침을 내지르는 중이었다.

진노한 관충이 독고월에게 검을 휘두르고 있었다.

사악!

절정 중의 절정인 관충의 벼락같은 검은 보는 이로 하여금 간담을 서늘케 했다.

검풍마저 이는 관충의 검이 내질러진 속도는 소군이 보기에도 제법이었다. 하지만 그녀의 싸늘한 미소는 입가에서 떠나질 않았다.

빠악!

검을 내지르던 관충이 모용설화의 외침이 끝나기 무섭

게 무릎을 꿇어서다.

어느샌가 뻗었던 독고월의 주먹이 거둬졌다. 가볍게 주먹을 털어내며 쯧! 하고 혀를 차자, 그제야 명숙들은 알아차렸다.

사실 동공이 풀린 채 침만 흘려대는 관충만 봐도 알만한 일이었다.

전광석화란 말 외엔 달리 설명할 말도 없었지만, 이렇게 쉽게 무너질 관충이 아니어야 했다. 이건 절정무인이 보일 수 있는 신위가 아니었다.

눈앞의 독고월은 초절정고수였다.

북리천극의 눈빛도 달라져 있었다.

설마 했는데, 정말 무공을 숨기고 있을 줄이야.

경각심이 든 북리천극이 손을 들었다.

그러자 관충의 주위로 아홉 개의 그림자가 내려섰다.

하나같이 관충보다 약하지 않은 이가 없었던, 그들은 무림맹주의 직속 호위들이었다. 줄곧 은신해있다가 북리천극의 손짓에 모습을 드러낸 것이다. 그 중 한 명이 관충을 부축하며 빠졌다.

단순한 주먹질로 관충을 전투불능으로 만들다니.

그들은 무척이나 긴장한 눈으로 검을 빼어 들었다.

독고월이 월광도로 그들을 겨누며 말했다.

"문답무용(問答無用), 좋지."

사사사삭!

그들은 일제히 검을 들고 진을 형성했다. 경시하는 마음을 버리고 절대고수를 상대하는 마음가짐으로 임한 것이다. 독고월에 관한 소문이 과장됐다고 여겼는데, 지금 독고월의 존재감은 북리천극보다 더했다. 하지만 그들이 펼칠 검진이라면, 초절정 무인이라도 상대할 만하였다.

그 자신감 덕분에 검진의 기세는 배가 되었다.

그 수준을 알아본 군웅에게서 나지막한 탄성들이 절로 나올 정도였다.

관충이 없는 자리를 대신하는 이인자가 나직이 읊조렸다.

"지금이라도 무기를 버리고, 자신이 한 방약무인한 언행과 태도에 석고대죄하면……!"

까닥, 까닥.

말을 하던 그는 어서 들어오라는 독고월의 시늉에 얼굴이 시뻘게졌다.

"……현 시간부로 독고월 소협 아니, 독고월 당신은! 무림맹의 죄인이오. 당연히 용봉대전의 우승은 취소되었고"

"제길! 개 같다고 욕 좀 했다고 죄인취급이라니. 두 번 했다간 강호의 공적이 되겠군."

상황과 맞지 않은 독고월의 불만이었다.

그게 너무 재밌었던 소군이 깔깔 웃었다.

자연히 군웅들의 눈빛이 사나워졌다.

무시무시한 표정을 지은 북리천극이 독고월을 향해 씹어뱉듯이 말했다.

"간악한 마교와 결탁한 게 분명한 죄인을 처단하라."

소군은 북리천극의 철저한 흑백논리에 할 말을 잃었다가, 이어진 독고월의 불만에 재차 헛웃음을 터트렸다.

"지 욕 좀 했다고 무조건 마교로 모는군."

소군은 마교란 말이 마음에 들지 않았지만, 크게 신경 쓰지 않았다.

오히려 다른 이들이 더 난리를 쳤다.

"닥쳐라!"

검진을 형성한 호위들이 공통된 외침이었다. 이번엔 외침으로 끝나지 않았다. 북리천극의 명도 떨어졌겠다. 그들은 흉흉한 기세로 독고월을 공격했다.

"우리도 합공하오."

마침 주위에서 지켜보던 무림 명숙들의 수하들도 사나운 기세를 내뿜으며 달려들었다.

상황은 악화일로로 치닫는 중이었다.

하지만.

독고월은 웃었다.

가소롭다는 듯이.

4

때론 백 마디 말보다 단순무식한 행동이 더욱 효과적이었다.

독고월이 내지른 주먹이 그러했다.

퍼억!

그 한 방에 달려들던 무인 하나가 허리를 낫 모양으로 꺾었다.

"커헉!"

분명 자신의 검에 갈려졌어야 하는데, 어느새 귀신처럼 다가온 독고월의 주먹이 제 복부에 꽂힌 것이다.

그 신출귀행한 일을 겪은 건 그 무인만이 아니었다.

퍼퍼퍼퍼펑!

달려들던 무인들, 모두가 겪은 일이었다.

"크아악!"

"커허헉!"

"우웨엑!"

동시다발적으로 터져 나오는 괴성들.

주춤거리며 물러나는 무인들이 그대로 주저앉았다. 그리고는 앉은 자리에서 자신이 그 전날 먹은 음식물을 확인하고 있었다.

참으로 볼썽사나운 광경이었다.

그러나 검진을 펼친 채 다가오려던 호위무인들의 발을 멈칫거리게 하기엔 충분했다.

"후후."

나직하게 비웃은 독고월이 그들을 향해 손짓했다.

어서 들어오라는 것이다.

예봉이 꺾인 호위 무인들은 서로 돌아봤지만, 이내 이를 악물고 내달렸다.

쉬쉬쉬쉬쉭!

사방에서 날아드는 검날의 기세는 흉흉함을 넘어선 기세가 담겨 있었다.

도저히 정파의 무인들이 펼치는 검초식이라고 하기엔 살기가 지나쳤다. 상대도 상대지만, 이들이 북리세가의 무인들인 탓이었다.

부드러움과 장중함보다 실리를 추구하는 북리세가의 무공.

검이 노리는 곳이 치명적인 사혈이 아닌 곳이 없었고, 무인이라면 치욕을 느낄 부위도 거리낌 없이 들어왔다.

보는 정파인으로 하여금 눈살을 찌푸리게 만드는 검초들이었다.

하지만 이 자리의 어느 누구도 그걸 탓하는 이가 없었다. 아니, 탓할 이유가 없다고 해야겠다.

쨍그랑.

부러진 검날이 땅에 떨어졌다.

입을 쩍 벌린 호위 중 하나는 검기를 다시 불어넣어 공격하려고 했지만, 무의미했다.

퍼억!

"쿠엑!"

들어갔던 것보다 빠른 속도로 튕겨져나갔다.

비무대 밖으로 날아간 그를 보는 나머지 무인들의 눈꼬리가 파르르 떨렸다.

도저히 독고월의 속도를 따라갈 수가 없었다. 그의 손에 들린 월광도가 자신들의 검을 자른 건 어렴풋이 알겠다. 하지만 그걸 보지 못한 것이다. 독고월의 신형은 절정 중의 절정인 자신들의 안력으로 잡을 수가 없었다. 하다못해 그 신형의 끄트머리조차 눈에 들어오지 않았다.

처억.

독고월은 월광도를 어깨에 대며 미소 지었다.

"약골들 상대로 기분 내는 건 여기까지."

제 검을 잃은 것도 모자라, 졸지에 약골이 된 호위들은 치미는 모멸감에 고개를 떨궜다. 이어진 말은 그들의 가슴을 후벼 팠다.

"물론 파리보다 못한 목숨을 걸고 나대면 말리지 않겠는데 말이지. 언제까지 뒤에서 훔쳐보고만 있을 참이야?"

"······."

그 대상이 누군지 말 안 해도 이 자리의 모두가 알았다.

북리천극.

그의 험악하게 일그러진 인상이 말해줬다.

"적당히 하거라. 이 강호에 지켜야될 도리가 어떤 건지 본 맹주가 가르쳐주고 싶지만, 넓은 아량을 발휘해 지금이라도 오체투지를 하여 용서를 빌면 뇌옥에 가두는 걸로 끝내주마."

나름 근엄하게 보이려고 한 말이었지만, 막 나가는 상대가 그 근엄함을 알아줄 리가 없었다.

"그간 어울리지 않는 자리에 좀 앉아있었다고, 목에 힘 좀 준다 이거지?"

"뭐라?"

북리천극은 제 귀를 의심했다. 그 어울리지 않는 자리가 무얼 말하는지 잘 알았다.

독고월은 알아들었으면서도 되묻는 북리천극에 친절하게 덧붙여줬다.

"그 자리가 네놈이 언감생심 꿈이나 꿀 수 있는 자리였느냐고, 무공만 강하면 개나 소나 앉는 게 무림맹주 자리냐?"

"뭐, 뭐라 했느냐!"

이번엔 주위에 있던 무림 명숙들에게서 터져 나왔다.

도저히 들어 넘길 수 없었던 그들은 이젠 두 팔 걷어붙이고 나섰다.

"이노옴! 듣자 듣자 하니 그 방자함은 도저히 두 눈 뜨고 봐줄 수가 없구나!"

"네이놈! 어디서 감히 그런 망발을 입에 담는 것이야!"

폭발할 듯한 기세 아니, 살기가 독고월에게 쏟아졌다.

일촉즉발의 상황.

그럼에도 불구하고, 독고월의 비아냥거림은 멈추지 않았다.

"아무리 가는데 순서 없다지만, 먼저 가겠다고 손들고 나설 필요까진 없지 않나?"

"저, 저어!"

"저런 천인공노할 놈을 봤나! 뭣들 하시오? 당장 저놈을 칩시다!"

불난 집에 부채질해도 이보다 더 활활 타오르진 않으리라.

소군은 손으로 얼른 입을 가렸다. 그렇지 않으면 터져 나오는 박장대소를 막을 수가 없을 듯했다. 지금 그녀가 굳이 군웅의 분노를 살 필요는 없었다.

험악해질 대로 험악해진 분위기는 지금까지의 일을 모두 덮어버릴 만큼, 그 기세가 대단했다.

바람결의 사시나무처럼 떠는 서문평이란 아이가 군웅의

관심에서 아예 사라질 정도로.

독고월은 월광도를 들어 북리천극을 겨눴다.

"근데 한 가지만 묻자."

"이노오오옴!"

분기탱천한 장한의 무인 중 하나가 일장을 내질렀다. 비겁하게도 독고월의 등 쪽을 향해 출수한 것이다. 그러나 누구도 그를 비겁하다고 여기지 않았다.

그 정도로 이곳의 분위기는 막장이었다.

빠악.

그 일장을 내지른 장한은 그대로 두 눈을 까뒤집어도 말이다.

"어른이 말하는데, 자꾸 껴들래?"

털썩.

혼절한 장한을 일별한 독고월이 주위를 쓸어봤다.

화아아악!

그러자 독고월의 어마어마한 기세가 거대한 파도처럼 그들을 들이쳤다.

"허억!"

"이게 대체 무슨!"

"이, 이럴 수가!"

군웅들의 흉흉했던 기세가 대번에 꺾일 정도로, 독고월이 방출한 기세는 가히 일절이라 불릴만했다.

북리천극의 허연 눈썹마저 잘게 떨릴 정도였다.

독고월이 월광도를 들어 북리천극을 가리켰다.

"넌 대체 왜 남궁일의 죽음을 그리 확신하는 건데? 죽는 거 봤어? 아님, 직접 잡아 죽이기라도 했고?"

第 2 章

第 2 章.

1

괴괴한 침묵이 내려앉았다.

독고월의 무례함에 나설 만도 했지만, 이미 실력행사를 보인 마당이었다.

강호에선 힘이 곧 법이다.

이 자리의 최강자로 보이는 독고월의 발언엔 그래서 힘이 실렸다.

그나마 견줄만한 인물은 북리천극인데, 그는 이제 독고월과 말을 섞지 않을 것이다. 무림맹주의 권위를 누구보다 내세우는 인물이었다. 물론 가장 큰 이유는 놈과 말을 섞으면 섞을수록 채신머리가 없게 되어서였다.

하여 북리천극은 불온한 언행을 일삼는 독고월의 도발

에도 묵묵부답으로 일관했다.

점점 불리해지는 상황에도 북리천극은 이렇듯 가만히 있자, 다른 이가 나섰다. 의외의 인물이었다.

"자네도 듣지 않았는가? 저 간악한 마교의 장로가 말하길 죽은 게 확실하다고!"

모용선의 외침을 독고월은 조소로 받았다.

"언제부터 그렇게 너희가 마교라 무시하는 이들의 발언을 신뢰했지? 정말 작당이라도 하지 않고서야 곧이곧대로 믿을 순 없지. 안 그래?"

허를 찌르는 독고월의 비수 같은 말이었다.

군웅이 술렁일 정도였다.

모용선마저 할 말을 잃었다.

북리천극의 허연 눈썹이 꿈틀댔다. 하지만 보는 눈이 너무 많았다. 천둥벌거숭이 같은 놈과 말을 섞는 건 여러모로 불리했다.

독고월은 북리천극의 내심을 짐작이라도 한 듯 피식 웃었다.

"시신이라도 발견하지 않고서야 그리 죽음을 확신하는 건 어불성설이지. 무림맹에 창천검과 서신들을 동봉했다는 거짓말도 그래. 모두 잊고 있나 본데, 창천검이 부러진 사실을 숨기는 것도 모자라, 서신마저 조작한 무림맹주의 거짓말은 어떻게 봐야 하지?"

"……!"

모두가 벼락 맞은 듯이 딱딱하게 굳었다.

독고월은 일그러진 북리천극의 눈을 보며 입꼬리를 올렸다.

"어디 입이 있으면 말 좀 해보지? 대단하신 맹주께서 대체 왜 거짓말을 한 건지 말이야."

"……."

북리천극이 대답할 수 있을 리가 없었다. 창천검을 박살내는 것도 모자라, 마교로 몰아붙이려는 의도마저 뭉개버린 독고월이었다.

무슨 변명을 해도 북리천극이 거짓말했다는 사실은 변하지 않았다. 그렇기에 마교의 간악한 술수로 몰기 위해 부단히 애를 썼지만, 독고월의 말로 상황이 반전됐다.

술렁이는 소리로 머릿속이 복잡할 때, 북리천극의 폐부를 찌르는 질문이 들려왔다.

"창천검을 무림맹이 회수했어. 하면, 그걸 토대로 남궁일의 마지막 흔적을 추적하는 건 쉬울 터. 저 아무것도 모르는 어린애가 보낸 서신에 적힌 대로 죽어 나자빠진 게 확실하다면, 남궁일의 시신이 고산의 화전민촌 근처에 있을 거 아니냐고—!"

추상같은 호통이었다.

사사후나 나틈없는 써렁써렁함은 속이 울링거릴 징도였다.

이곳에 자리한 고수들은 얼른 내력을 끌어올려 심신을 안정시켰다. 충격적인 사실에 흔들리는 마음과 내력을 다 잡기 위해 부단히 애를 쓰는 것이다.

저벅저벅.

독고월은 북리천극을 향해 다가갔다.

채채채채챙!

사방에서 검을 뽑아대는 소리가 터져 나왔다. 무림맹의 무인들이었다.

독고월은 그 소리에도 북리천극 앞에 떡하니 섰다. 물론 어느 정도 거리는 유지했다. 앞을 가로막는 무림맹의 무인들 때문이다.

"귀먹었어? 묻잖아. 그 죽었다는 남궁일의 시신을 회수했느냐고!"

실제로 그랬다.

무림맹이 가진 능력이라면, 했던 말대로 남궁일의 창천검을 받는 순간 역추적을 해서 시신을 찾고도 남았다.

북리천극은 그걸 마교에서 조작했다고 몰고 갔지만, 마교의 십이장로라는 소군은 이를 부인했던 상황이 군웅의 머릿속에 떠올랐다.

시기적절하게 소군이 한 발 나섰다.

"저희 신교 쪽에선 대전을 원치 않아요. 아무런 이유도 없이 인의무적 남궁일 대협에게 해를 가하는 건 말도 안 되죠. 과거 남궁일 대협이 잠시 신교 타격대와 알력싸움을 한 적이 있지만, 대의를 위해 그리고, 민초를 위해 나선 일이었죠. 그걸 알기에 당시 신교 쪽에서도 양보했고요."

마교 철갑귀마대의 행군 경로에 양민의 마을이 있다는 이유 하나로, 단신으로 맞서 물러가게 한 미담을 말하는 것이었다.

정파인이라면 누구나 알고 있는 이야기였다. 당시 남궁일 대협의 의지에 철갑귀마대가 물러나자, 철갑귀마대의 어려운 결단에 찬사를 보내는 정파인마저 있었다.

상황은 점점 불리해졌다.

누구에게?

북리천극에게 말이다. 창천검을 부상으로 내세우라는 그 야주란 작자의 제안을 처음부터 듣는 게 아니었다. 남궁일의 죽음을 공적인 자리에서 선포하는 게 여러모로 나을 거라며, 뒤에서 꼬드겼던 그 작자를 떠올리니 이가 갈렸다.

이 모든 계획은 그 작자의 머리에서 나왔다.

처음엔 모든 게 완벽해 보일 정도인 계획이었지만, 저 독고월이란 천둥벌거숭이가 등장한 순간부터 꼬이기 시작했다. 북리천극은 독고월을 죽일 듯이 노려보는 대신, 긴 한숨을 내쉬며 고개를 저었다. 아직도 발뺌하려는 것이다.

45

"어쩔 수 없군. 본 맹주가 남궁일 그 친구의 죽음을 확신하는 데는 자네의 말처럼 그 친구의 시신을 발견해서라네."

경악 어린 신음성이 곳곳에서 터져 나왔다.

미친 파급력도 대단했다.

털썩.

남궁문희가 그대로 이마에 손을 얹고 주저앉았고.

남궁민을 필두로 한 남궁세가의 무인들이 검을 뽑아들었다.

근데 그 대상이 모호했다.

"그게 대체 무슨 말입니까!"

하지만 남궁민의 분개한 외침으로 대상은 확실해졌다.

바로 북리천극.

"어째서 숙부님의 시신을 숨긴 겁니까!"

피를 토하는 듯한 남궁민의 연이은 외침에 북리천극은 씁쓸한 표정을 지었다.

"강호에 야기될 혼란을 막기 위해서였네. 남궁일 그 친구의 죽음이 불러올 파문은 보다시피 이렇게 크지 않은가?"

대의로 포장하려 했지만, 너무나도 얄팍했다.

그 점을 독고월이 귀신같이 지적했다.

"그럼 창천검을 왜 부상으로 내세운 건데? 그리고 그렇

46 귀랑 5

게 강호에 야기될 파문을 걱정했으면, 왜 마교의 소행으로
몰은 거고?"

"……!"

북리천극이 주먹을 피가 나도록 쥐었다.

사실이 그랬다.

북리천극의 언행은 도저히 강호의 혼란을 막으려는 이
로 보이지 않았다.

몇몇을 제외한 군웅의 시선이 대번에 싸늘해졌다. 아무
리 좋게 생각해주려고 해도 북리천극의 말은 앞뒤가 맞질
않아서다.

그때 모용선이 오열을 터트렸다.

"으흐흑! 남궁일 그 친구의 시신은 어디 있소, 맹주! 그
친구의 얼굴을 꼭 봐야겠소오!"

오열하는 가운데 모용선이 북리천극에게 절실히 요구했
다.

북리천극은 흐린 안색을 했다. 웃기게도 눈가에 물기마
저 어렸다. 소매로 눈가를 닦은 북리천극이 수하를 불렀다.

"관충!"

어느새 정신을 차린 관충이 창백한 안색으로 자세를 바
로잡았다.

"하명하십시오, 맹주님."

"남궁일…… 그 친구를."

47

"네."

"성심을 다해 모셔와야 할 것이야."

"명 받들겠습니다!"

운구해오라는 명에 관충은 힘있게 대답하고는 신형을 날렸다. 그러는 와중에도 독고월을 노려보는 건 잊지 않았다.

순간 주위의 분위기가 북리천극을 추궁하는 쪽에서 남궁일의 시신을 확인하는 쪽으로 쏠렸다.

소군은 그 연유를 슬슬 눈치채기 시작했다. 처음부터 끝까지 은근슬쩍 분위기를 유도하던 사람 때문이었다. 비상한 그녀의 머리와 눈치가 아니었다면 알아챌 수 없을 정도로 영활한 자였다.

아까부터 북리천극을 알게 모르게 도와줬던 이.

모용선.

소군은 남궁문희와 같이 오열하는 모용선을 바라보며 뭔가 있음을 깨달았다.

여인의 육감도 연신 속삭였다.

이 둘 사이에 뭔가 있다고.

2

남궁일의 시신은 오지 않았다.

하얗게 질린 표정의 관충이 전한 사실에 군웅은 또 한

번 술렁였다. 그 덕분에 북리천극에 대한 신뢰도는 바닥으로 곤두박질쳤다.

북리천극의 안색도 과히 좋지 않았다. 호통을 치며 얼른 시신을 찾아오라고 했지만, 전설의 신투가 훔쳐간 것처럼 흔적조차 없었다.

설령 신투라고 한들 시신을 지키던 무인들 면면만 봐도 불가능했다. 북리세가의 정예 중의 정예인 천검단이 물샐 틈없이 방비하고 있었다.

한데 시신만 감쪽같이 사라졌다고 한다.

귀신이 곡할 노릇이었다.

북리천극은 할 말을 찾지 못하고 있었다.

애꿎은 관충과 함께 온 천검단주를 추궁해봐야 사라진 시신이 돌아오진 않는다.

남궁민의 부축을 받은 남궁문희가 다가온 것도 그때였다.

"맹주, 이 일은 도저히 그냥 넘길 수가 없군요."

한기가 느껴지는 그녀의 목소리에 군웅의 눈빛도 싸늘해졌다.

오열하던 모용선이 불같이 노했다.

"대체 이 무슨 해괴한 일이요! 남궁일 그 친구의 시신이 없어졌다니, 정말 귀신이라도 들었단 말이오? 맹주께선 어서 빨리 비상령을 내려 무슨 일이 있어도 남궁일, 그 친구의 시신을 찾아야 할 것이오!"

"당연한 말씀이오."

그제야 어찌해야 할지 감을 잡은 북리천극이 침중한 얼굴로 답하고는, 서둘러 천검단주에게 명했다.

"천검단주는 사라진 남궁일 대협의 시신을 찾지 못하면, 돌아올 생각은 추호도 하지 말라. 당장 남궁일 대협의 시신을 무슨 일이 있어도 찾아와야 할 것이야!"

"존명!"

눈치 빠른 천검단주는 서둘러 복창한 뒤, 얼른 자리를 피했다.

스릉.

갑자기 북리천극이 검을 뽑아 단상 위에 꽂았다.

"그리고 맹주의 신물인 천지검에 맹세하건대, 무림맹은 전력을 다해 반드시 남궁일 대협의 시신을 찾겠소! 그때까지 이 검을 절대 뽑지 않을 것이오!"

스스로 직분을 잠시간 내려놓는 초강수였다.

북리천극은 여기서 그치지 않았다.

"관충!"

"네!"

관충이 서둘러 부복했다.

"너는 지금 당장 세가로 돌아가서 북리세가의 모든 전력을 동원해서라도 남궁일 대협의 시신을 찾거라. 만약 남궁일 대협의 시신을 찾지 못한다면, 돌아올 생각은 꿈도

꾸지 말거라!"

"존명!"

그 준엄한 명에 관충은 절도있게 답하고는, 누가 끼어들
새라 서둘러 자리를 떴다.

북리천극이 군웅을 둘러보며 사죄부터 했다.

"본 맹주 아니, 본인의 불찰이오. 내 반드시 남궁일 대
협의 시체를 찾을 것이니 여러 군웅께선 이 북리 아무개를
믿어주시구려."

스스로 권위를 내려놓은 이 한 수에 군웅의 분위기는 점
차 수그러들었다.

남궁세가는 아니었지만, 남궁일과 죽마고우였던 모용선
은 수긍하는 쪽이었다.

"반드시 찾아야 할 것이오. 그렇지 않으면 남궁세가와
모용세가는 물론! 강호 동도의 분노를 면하기 어려울 테니
말이오."

"내 반드시 찾고 말겠소."

북리천극은 착잡한 표정으로 대답했지만, 속으로 회심
의 미소를 지었다. 작금의 어려운 상황을 타개할 방법이
생긴 탓이다. 전력을 동원하면 가능할 터였다.

마침 모용선도 남궁문희에게 다가가 위로의 말을 건네
며, 좀 더 기다려보자고 말하는 중이었다.

다른 누구도 아닌 남궁일의 둘도 없는 친우인 모용선의

말에 남궁세가의 분노는 잠시나마 수그러드는 중이었다.
또 단목경진을 필두로 한 유력 세가의 가주들도 남궁문희
에 위로의 말을 건넸다. 자신들도 물심양면으로 거들겠다
는 뜻을 내비친 것이다.

남궁문희는 그들의 호의 어린 위로에 더 따질 시기를 놓
치고 말았다.

"본 맹주 아니, 본인의 불찰이오. 반드시 되찾아오겠
소."

북리천극은 허탈해하는 남궁문희에게 포권을 하고는 자
리를 떴다. 지금 당장 급한 일은 남궁일 대협의 시신을 찾
는 거라는 듯이.

순식간에 상황이 그런 쪽으로 흘러가자, 난처해진 건 소
군이었다.

숫제 꿔다놓은 보릿자루 취급이다.

이런 상황에서 그녀의 이야기를 들으라는 건 미친 짓이
었다. 남궁일의 시신이 사라진 걸 교묘하게 이용하는 작태
들에 헛웃음만 나왔다. 자연히 독고월이 있는 쪽을 바라보
는 그녀였는데.

"……!"

세상에.

"하하하!"

독고월이 박장대소를 터트리고 있었다. 교활한 여우처

럼 빠져나가려는 북리천극의 시선을 잡아끌 정도로 호탕한 웃음소리였다.

도대체가 그의 속내를 알 수 없었던 군웅은 불편한 심경을 내비쳤지만, 북리천극은 서둘러 자리를 피해야만 했다. 놈과 말을 섞는 건 여러모로 위험한 일이었다.

겨우 추궁하는 분위기를 피한 상황.

여기에 더 있어선 안 되었기에 자리를 피하려는데.

독고월의 신형이 흐릿해졌다.

그리고.

콰앙!

북리천극의 앞에 나타나 진각을 밟았다.

순식간에 단상이 무너질 정도의 위력!

경악한 북리천극이 무슨 짓이냐고 외칠 새도 없었다. 주위의 분위기를 끈 독고월이 손을 들고 있어서다.

단상이 무너지면서 군웅이 속속들이 자리를 피했다. 경계하는 눈초리들은 독고월의 들린 손에 고정되어 있었다.

소군은 서문평을 잡아채 한쪽으로 물러났다. 자신을 도와주는 행동에 당황한 서문평의 시선이 느껴졌지만, 소군은 조금도 신경 쓰지 않았다.

"공자님은 뭔가 상황을 반전시킬 준비를 미리 한 걸로 보이네요."

오히려 싱긋 웃으며 제 짐작을 말해줬다.

서문평으로서는 그 속내를 짐작 키가 어려웠다. 맹주와 그녀, 이 상황은 물론, 독고월마저도.

도대체가 어떻게 돌아가는지 모르겠다.

독고월은 무너진 단상 위가 아닌 비무대로 올라섰다. 북리천극을 향해 손가락을 까닥였다.

"어딜 내빼려고? 올라와."

그 도발적인 언행을 무시하면 됐지만, 동네 똥개 부르듯이 손을 까닥이는 행동은 그냥 보아넘길 수가 없었다.

군웅은 물론, 무수히 많은 강호인이 지켜보는 자리였다. 개중엔 흑도맹에서 보낸 이들도 있을 것이고, 마교는 말할 것도 없고, 여러 강호 방파에서 보낸 이들이 수두룩하다.

한데 놈은 그 수많은 사람 앞에서 북리천극을 도발하고 있었다. 행동뿐만 아니라 시건방진 언행으로.

"아니면 쥐새끼처럼 내빼시던지."

"뭐라?"

머리가 아찔해질 정도로 격노한 북리천극이었지만, 가까스로 참아냈다. 지금 놈과 엮이면 여러모로 손해인데 이어진 놈의 전음은 도저히 그냥 넘길 수가 없었다.

─사라진 남궁일의 시신이 어딨는지 궁금하잖아. 그러니깐 이 비무대 위로 올라오라고.

북리천극에겐 청천벽력이 아닐 수가 없었다.

"이 치졸한 새끼야."

뒤이어진 걸쭉한 욕설도 말이다.

3

북리천극은 비무대 위에 올라가는 게 자살행위라는 걸 알고 있었다. 겨우 상황을 타개할 천고의 기회가 생겼는데, 스스로 그 기회를 발로 차버리는 행위였다. 전음 내용도 무시하고 나중에 찾아가서 족치면 될 일이었다.

한데.

치졸한 새끼라니.

강호의 군웅들은 물론, 민초들이 보는 앞에서 무림맹주인 자신을 향해 모욕을 줬다. 그것도 도저히 감내할 수 없는 치욕적인 욕설이었다.

이건 도저히 넘어갈 수 없는 종류의 것이다.

무림맹의 무인들조차 참을 수 없는 분노를 느끼며, 기세를 폭발시켰다.

하물며 하급무사까지 그렇게 나오는데.

맹주인 북리천극은 놈과 동급으로 되는 것도 모자라, 개똥밭에 구를 수는 없는 노릇이었다. 놈이 아무리 그의 장자를 다시는 거동도 할 수 없는 폐인으로 만들었다 해도 말이다.

저벅……

놈을 무시하고 가려는데 발길이 도저히 떨어지지 않았
다.

북리천극의 허연 머리카락은 이미 하늘 위로 치솟을 정
도로 곤두서있었고, 소매를 포함한 용포 자락은 세차게 펄
럭여댔다.

-맹주, 참으셔야하오!

누군가의 시기적절한 전음이 아니었다면, 북리천극은
전력을 다해 비무대로 올라가 놈을 쳤을 것이다.

하지만.

속속들이 당도하는 전음들은 북리천극의 분노를 한풀
꺾이게 했다.

-맹주, 우리와 나누었던 대담을 잊지 마시오.

-저놈은 우리에게 맡기시오. 그러니 지금처럼 상대하지
마시오.

-아직은 때가 아니오. 오히려 대인의 면모를 보여야 할
때요!

-분명 놈은 뭔가를 알고 있는 게 분명하오. 하지만 보는
눈이 많소. 부디 참아주시오.

-맹주!

그 뒤로 말리는 세 번의 전음이 더 와서야 북리천극은
이성을 되찾을 수가 있었다. 바람도 불지 않는데 북리천극

의 수염은 사시나무처럼 흔들렸다.

"내겐 무엇보다 앞서 나서서 해결해야 할 일이 있다. 천둥벌거숭이 같은 네놈을 일벌백계해서 강호의 도리를 세워야 함이 마땅하나, 내 강호의 대선배로서 아량을……!"

"왜 무서워?"

"뭐, 뭐라?"

북리천극의 말을 끊는 독고월의 물음이었다. 그리고 연이어진 비아냥은 이성의 끈마저 끊어버렸다.

"내 살려는 드리지."

콰드득.

무언가 부서지는 소리가 터져 나왔다.

−안 되오, 맹주!

−참으셔야 되오!

−제발, 그러지 마시오!

그들의 말림은 불난 집에 부채질하는 격이었다.

북리천극은 두 눈을 까뒤집고 말았다. 이성을 잃은 것이다.

"이런 개후레잡놈의 새끼가 보자 보자 하니까!"

값싼 도금은 이렇듯 쉽게 벗겨지는 법이다.

소군은 깔깔대며 웃었다. 상황과 어울리지 않게 죽는다고 배를 잡았다.

수위에 있던 무림맹 인사들의 눈초리가 자연히 사나워졌지만, 비강시들이 있는 마당에 칠 수는 없는 노릇이었다. 곧 무림맹의 정예가 당도할 터였다.

그때 징치하면 됐다.

지금은 참아야 할 때다.

자신들은 물론 맹주까지.

휘익!

모용선이 한 발 나섰다.

북리천극보다 먼저 비무대에 올라가 독고월을 향해 치명적인 절초로 펼쳐댔다.

어마어마한 위력이 남긴 장중한 검초식은 한발 늦은 북리천극이 껴들 새가 없게 만들었다.

쉬쉬쉬쉬쉭!

검광이 독고월의 전신을 발라버릴 듯이 살벌하게 번뜩였다.

"강호의 대선배이자 어른에게 이 무슨 망종 짓이냐! 네가 그러고도 사람이더냐!"

모용선의 시뻘게진 안면과 모세혈관이 터진 눈동자가 가진 분노를 짐작케 했다.

독고월은 자신을 갈라오는 익숙한 검초식에 씁쓸히 읊조렸다.

"……그러는 너는."

"……!"

그 찰나의 순간!

폐부를 송곳으로 찌르는 느낌에 모용선의 검초식이 주춤거렸다. 그 소린 너무나도 작아서, 날카로운 칼의 노래 속에서 모용선만 겨우 알아들을 정도였다.

쉬아아악!

검광을 피하지 않은 독고월의 검은 눈동자도 마침 모용선에게로 향해 있었다.

쓰악!

모용선의 검은 그대로 독고월을 갈랐다.

피하지 않은 것이다.

하지만 모용선도, 독고월도 잘 알았다. 검기가 실리지 않은 검은 옷과 얇은 살가죽을 가르는데 그쳤다는 것을.

저절로 일어나는 독고월의 호신강기 덕분이기도 했다.

모용선은 마음을 다잡고 검을 재차 휘두르려고 했지만, 독고월의 똑바른 눈과 마주치니 힘이 쭉 빠지는 기분이었다.

독고월의 기세가 강해서도, 두려워서도 아니었다. 분명 그의 경지는 모용선이 가늠할 수 없을 정도로 대단했다.

하지만.

그의 눈동자 속에서 일렁이는 푸른 귀화를 본 순간.

깊은 심연을 마주한 것처럼 옴짝달싹할 수가 없었다.

모용선은 그 이유를 알 수가 없었다.

그게 양심이라는 이름을 가지고 있는 것이긴 하나, 그가 사람이길 포기한 순간 뇌리 속에서 그런 이름은 사라진 지 오래였다.

협의라는 말과 함께.

모용선은 제가 든 검이 바르르 떨리는 걸 느꼈다. 이대로 내리쳐서 독고월의 정수리를 쪼개야 함이 마땅하나, 무정한 그 시선은 모용선을 그럴 수 없게 만들었다.

마침 기막이 둘을 감쌌다.

주위가 적막해졌다.

독고월의 이어진 속삭임은 모용선의 새된 가슴을 철렁거리게 하였다.

"애들한테 대물림하지는 말아야지."

"뭐, 뭐?"

모용선이 되물었지만, 독고월은 더이상 말을 하지 않았다. 그리고 모용선을 지나쳐갔다.

다시 장내의 소란이 들려왔다. 독고월이 기막을 거둔 것이다.

모용선이 일그러진 얼굴로 독고월의 등을 바라봤다. 그러다 두 눈이 점점 커졌다. 그 익숙한 뒷모습에 형언할 수 없는 감정이 피어올랐다. 누군가의 모습과 겹쳐 보인 탓이다.

아니다.

절대로 그럴 리가 없다. 당황해서 헛것이 보이는 게 틀림없다.

"머, 멈춰라."

힘있게 내지르려는 일갈이었지만, 힘이 잔뜩 빠져 있다.

폐부를 쥐어짜서 다시 부르려고 하지만, 이미 손에 든 검은.

쨍그랑.

땅에 덩그러니 떨어지고 말았다. 도저히 영문을 모르겠다. 이대로 달려가서 독고월의 어깨를 잡아 돌리고 싶은 마음뿐이었다.

절대로 그런 일은 없는데도.

남궁일에게 가한 마지막 일장은 북리천극이 직접 꽂아 넣은 것이다. 혹시라도 있을 일말의 가능성조차 짓밟아 버리기 위해서.

그랬기에 모용선을 비롯한 요인들은 모두 안심했다.

하니 이건 과거의 망령에 지배되어 지레 겁먹은 것이다.

"아버님!"

모용설화가 날 듯이 달려와서 모용선을 부축했다.

모용준경도 먼발치에서 걱정 어린 눈으로 바라봤다.

늘 듬직했던 아버지 모용선이 애처로울 정도로 주춤거리는데, 어찌 가만히 있으랴.

당장에라도 달려가 부축하고 싶었지만, 모용준경은 그럴 수가 없었다. 부상이 발목을 잡은 탓이다.

그런 모용준경의 눈에 독고월의 너른한 등이 들어왔다.

대체 두 사람은 무슨 이야기를 나누었지? 란 의문도 있었지만, 알 수 없는 쌉싸름한 감정이 피어올랐다.

어째서 지금 그의 등을 보면 먹먹해지는 걸까.

모용설화 또한 모용선을 부축하면서 안쓰러운 눈동자로 독고월을 바라봤다.

대체 무슨 이야기를 나눈 거냐는.

묻고 싶은 말을 삼킨 채.

4

어느새 비무장 위엔 여럿이 올라와 있었다.

그 인원 면면 하나하나가 대단했는데.

숫자는 정확히 여덟이었고, 그 뒤로 북리천극이 있었다.

독고월의 입꼬리가 하늘 높이 올라갔다.

"뭐가 그렇게 무섭다고 떼거리로 몰려나왔는지."

"……."

그들은 답하지 않았다. 지금도 전음으로 북리천극을 설

62

득하느라 여념이 없었다.

그랬기에 독고월이 한 말에 큰 의미를 부여하지 않았다. 그저 시건방진 천둥벌거숭이로 여기면 됐다.

유일하게 모용선만이 허물어진 표정으로 독고월의 등을 바라봤다. 잊고 싶었는데 도저히 잊을 수가 없었던 낙인 같은 기억이 떠올라서다.

"……그럴 리가, 그럴 리가 없어."

그 힘없는 중얼거림에 담긴 허망함과 죄책감이라니.

웃기지도 않았다.

대신 모용선은 사지를 떨어댔다. 그걸 의식하지도 못했는지 제 딸의 소매를 잡으며 사정했다.

"가자꾸나, 집에 가자꾸나."

"네, 네?"

모용설화가 당황했다. 이런 아버지의 모습은 처음이었다. 거대한 산악처럼 늘 꼿꼿한 자세로 그 자리에 있어줬던 아버지 대신, 초라한 노인이 있었다.

주름진 노안은 순식간에 십 년이 흐른 듯했다.

모용설화는 당황해 하면서 모용준경을 바라봤다.

모용준경도 마침 독고월에서 시선을 떼고, 그녀를 바라봤다. 어찌 된 영문인지 몰라도 심상치 않은 아버지의 반응으로 보건대, 지금은 자리를 피해야 할 때였다.

그러거라.

모용준경이 고개를 끄덕였다. 그리곤 내상을 입은 상태임에도 친구 중 하나인 황보윤에게 전음을 가까스로 보냈다.

황보윤이 서둘러 다가왔다.

"준경, 어찌 된 일인지 짐작이라도 가는가? 왜 우리 아버지와 자네 아버지가 비무대에 올라간 건지 말이네. 희매와 유매의 아버지도 올라가셨다니. 참으로 큰일일세."

걱정 어린 안색으로 발을 동동 구르는 팽소희와 양소유를 바라본 황보윤이었다. 그러다 이어진 모용준경의 힘겨운 전음에 고개를 끄덕였다.

"알았네. 내 무인들을 시켜 자네 아버님을 세가까지 안전하게 모셔다 드리겠네."

황보윤은 걱정하지 말라는 듯이 모용준경의 어깨를 짚었다.

부디 큰일이 없어야 할 텐데.

곧 모용설화가 모용선을 부축해오자, 모용준경은 또 한 번 놀랐다. 그 짧은 새에 모용선의 머리카락이 하얗게 세서다. 듬성듬성 있던 흰머리였는데, 이젠 아예 백발이 됐다.

"그럴 리가 없다. 그럴 리가 없단 말이다, 흐흐."

거기다 알 수 없는 말까지 중얼거리는 것이 심상치 않아 보였다.

모용설화는 연신 모용선을 달래며 황보윤이 붙여준 무

인들과 함께 얼른 세가로 떠났다.

모용선의 상태가 좋지 않은 탓이었다.

"자네는 어쩌겠나?"

황보윤의 물음에 모용준경은 대답 대신 비무대 위를 바라봤다.

황보윤이 어깨를 으쓱였다.

"우린 어떻게 할지, 원. 그를 공격하기도 싫고, 그럴 실력도 안 되는데 말이네. 솔직히 난, 지금의 맹주님 편을 드는 건 썩 내키지 않는다네."

난처한 그 말에 동의라도 하는 듯이 모용준경은 고개를 끄덕였다. 입가에 미미한 혈흔이 내비쳤다. 무리해서 전음을 보낸 탓이다. 요동치는 내기를 다스리는 데 여념이 없었지만, 아직까진 버틸만했다.

왠지 모르겠지만, 지금 이 상황을 피하면 평생을 후회할 것만 같았다.

비무대 위에서 대치하고 있는 열 명의 고수들.

그리고 마교의 십이장로라는 소군까지.

이게 무얼 의미하는지는 모르겠지만.

지금 중요한 건 그게 아니었다.

이 일촉즉발의 상황은 언제 터질지 모르는 화약고였다.

만약 여기에서 독고월이 그들과 대결하게 되면, 정말 끝장이었다.

곧 무림맹의 핵심무력단체가 당도할 것이다.

시간을 끌어도 위험하고, 그렇다고 그들 모두를 상대할 수도 없는 노릇이었다.

북리천극 하나만으로도 위험이 되는데, 여덟이나 되는 가주들은 절정 중의 절정인 최절정이었다. 초절정 고수에게 못 미친다고 해도 북리천극과 함께라면 독고월이라도 생사를 장담할 수가 없었다.

말 그대로 진퇴양난이다.

모용준경이 걱정 어린 시선으로 독고월을 바라보는 건 당연했다. 독고월의 죽음이 벌써 눈앞에 그려졌다.

그렇다고 황보윤을 비롯한 강호용봉회의 후기지수들이 독고월을 도울 수도 없는 노릇이었다.

무림맹주 북리천극이 아무리 탐탁지 않은 행보를 보여도, 모용준경을 포함한 강호용봉회의 후기지수들은 무림맹주를 따라야 했다.

마치 비무대 위에서 독고월과 대치하고 있는 가주들처럼 말이다.

남궁세가의 가주 남궁문희를 제외하고 모두 비무대 위로 올라가 있는 상황이었다.

고수들이 모두 독고월을 노리는 것도 모자라, 당도할 무림맹의 핵심타격대들의 칼날이 어디로 향할지는 불을 보듯 뻔했다.

독고월이 강호의 공적으로 선포되는 건 당연한 수순이다.

이럴 때 가해월이라도 있었다면.

모용준경은 자신의 환술은 강호 일절이라며 신나게 자랑해대던 그녀의 행방이 궁금해졌다.

모든 걸 알고 있는 듯한 그녀만 있었다면 작금의 상황을 해결할 실마리를 얻을 것만 같았다.

그녀는 대체 어디 간 걸까?

새벽에 자신을 굳이 찾아와서 잠자코 있으라는 말만 하고 사라지다니.

차차차차차차차창!

여덟 개의 검날이 세상 밖으로 뛰쳐나왔다.

대경실색한 모용준경의 고개가 번쩍 들릴 정도였다. 갈등은 길었지만, 결단은 빨랐다. 모용준경은 자신이 이대로 있으면 안 된다는 걸 깨달았다.

더이상 독고월의 위기를 좌시할 순 없었다.

"……!"

무리해서라도 일어나려고 하는데, 모용준경은 그러지 못했다. 자신의 어깨를 내리누르는 부드러운 손길 때문이었다.

"나 참, 가만히 있으라고 했더니. 기어코 나서려고 발버둥을 치네. 뭐, 그런 점이 굉장히 마음에 들지만 말이야."

귓가에 바람을 후후 불면서 닭살 돋게 만드는 여인.

모용준경이 서둘러 그 여인을 바라봤다.

"이 누나가 그렇게 보고 싶었어?"

싱그러운 아니, 음흉한 미소를 흘리고 있는 여인은 가해월이었다.

第 3 章

第 3 章.

1

모용준경은 어딜 갔다 왔느냐고 물을 새도 없었다.

가해월의 발걸음은 이미 독고월에게로 향했다.

마침 독고월의 고개도 슬쩍 돌려졌다.

눈이 마주친 둘 사이에 의미심장한 기류가 흘렀다. 모용설화가 봤다면 틀림없이 질투하고 남을 모습이었다.

가해월이 어두운 안색을 해보였다.

"정말 미안하지만, 실패하고 말았어."

"받아들였군."

독고월은 가해월의 말을 반대로 들었다.

가해월의 눈꼬리가 사납게 올라갔다. 자신이 한 말을 허투루 들어서가 아니었다.

"아우, 정말 얄미워죽겠어. 좀 듣는 아니, 놀란 척이라도 하면 안 돼? 사람이 왜 그렇게 인간미가 없냐?"

"같잖은 연기에 속아주는 게 더 인위적이지."

"하!"

가해월이 대차게 콧방귀를 꼈지만, 독고월은 신경도 쓰지 않았다. 가해월과 신투 구도를 같이 보낸 일이 잘 처리됐다는 게 중요했다.

"그래도 쓸만한 구석은 있었군."

"당연하지! 본녀가 어떤 사람인……!"

"개미 눈곱만큼이지만."

"뭐야!"

인색하기 그지없는 칭찬에 기고만장할 뻔했던 가해월, 독고월을 대차게 노려보기까지 했다. 그러나 한숨을 내쉬며 손사래를 쳤다.

"말을 말자. 겨드랑이 땀내나게 빨빨거리며 다녀와 준 은인에게 고맙다고 절은 못할망정 이 무슨 홀대……!"

"노친네는 붙었고?"

"사람이 말을 하면 좀 들어, 이놈의 자식아!"

가해월이 길길이 날뛰었지만, 독고월은 콧방귀도 안 뀌었다. 오히려 주위 좀 돌아보라는 듯이 턱짓을 했다.

"……."

가해월도 눈치는 영 없진 않진지, 자신에게 집중된 시

선을 느끼고 있었다. 영 불편하기 짝이 없는 시선에 가해
월은 짝 다리를 짚고 말았다.

"뭘 봐? 이렇게 끝내주게 예쁜 미인 처음 봐?"

"……!"

"이거 이거, 본녀가 제대로 멋 좀 내주면 다들 너무 황송
해서 눈이 휘둥그레지겠네. 불행인 줄 알아, 이것들아! 본
녀가 어떤 고자 놈 때문에 제대로 된 무장을 안 해서 그렇
지. 제대로 무장했으면 노친네들 황송해서 절하느라 바빴
을 테니까."

이렇게 무례한 여인이 강호 어디에 있을까.

그 나물에 그 밥이라고.

비무대 위에 올라선 최절정 고수들은 할 말을 잃었다.

가해월은 가해월대로 제가 입은 회의무복이 너무 싫었
다. 마음에 들지 않아, 죽상만 쓰고 있었다.

"아아, 힘이 나질 않아. 이런 거적때기론 노친네 바짓자
락 내리기도 어렵다고, 이놈의 자식아!"

독고월을 향해 바락 소리 지르기까지 한 가해월이었다.
아직도 시비나 하라는 독고월의 말에 앙심을 품고 있는 게
분명했다.

주위의 아연실색한 기색이 피부로 느껴졌다.

독고월은 저도 모르게 피식 웃었다.

정말이지 골때리는 여인이다.

저벅.

한 발 나서기까지 한 독고월에 가해월은 움찔했다. 설마 여인을 때리는 막장은 아니라고 여겼지만, 자신이 너무 막 나갔나 싶은 마음이 슬며시 든 것이다.

물론 독고월은 그런 무식한 놈이 아니었다. 토끼처럼 동그래진 눈을 한 가해월을 지나쳤다. 그리고 자신이 다가가자 동요하는 여덟 명의 고수를 바라봤다.

북리천극은 갈팡질팡하고 있었다. 모두의 의견을 무시하고 이대로 남아 독고월을 죽여버리고 싶은 마음은 굴뚝같았지만, 아까 놈이 보낸 전음이 마음에 걸렸다.

─사라진 남궁일의 시신이 어딨는지 궁금하잖아. 그러니깐 이 비무대 위로 올라오라고.

천둥벌거숭이 놈은 분명 알고 있는 눈치였다. 그렇지 않고는 시기적절하게 사라진 남궁일의 시신이 설명되지 않았다.

어쩌면 저놈이.

순간 북리천극의 입술이 달싹였다.

그의 앞을 막아선 여덟의 표정이 창백해졌다가 붉어지길 수차례.

독고월은 그네들이 북리천극에게 어떤 전음을 듣는지

알 것 같았다. 그네들에게서 살심이 뭉클거리며 일어났기 때문이었다.

아까까진 그저 길을 막는 정도에 불과해 썩 내키지 않아 했다면, 지금은 당장에라도 독고월에게 달려들어서 생사결을 낼 듯 굴었다.

비무대 위의 공기가 달라졌다.

그 끈적하고 원초적인 살기에 가해월의 팔에 소름이 돋을 정도였다.

"이 노친네들이 갑자기 노망이라도 났나 왜 이래? 어젯밤 뭘 잘 못 먹어서, 회춘이라도 했어들? 눈빛들이 왜 이래? 아주 양, 날 그냥 잡아 잡수겠네 양!"

"닥치거라, 이 사파의 요부!"

단목경진의 불호령이 떨어졌다. 자꾸 나서서 분위기를 흩트리는 것도 마음에 들지 않았는데, 저리 요부처럼 구니 사파의 요녀로 치부하는 건 당연했다.

근데 우스운 건 가해월이 할 말을 잃은 것이다. 마치 정곡을 찔린 사람처럼 딴청을 피웠다.

그걸 본 독고월이 헛웃음을 터트렸다.

"뭐야, 정말 사파 쪽이었나 본데?"

"조용히 해! 끝내주는 미인에겐 지우고 싶은 과거 하나쯤은 있는 법이니깐. 이게 다 사내놈들이 날 어떻게 한 번 해볼까 해서 그런 거야. 다 내가 잘난 탓이지!"

성을 내던 가해월은 밑도끝도없이 잘난척해 댔다. 하지만 그게 오히려 지난 과거에 의연하게 보이려고 꾸미는 것처럼 느껴졌다.

가해월을 보는 주위의 분위기는 좋지 않았다. 이젠 대놓고 노골적으로 경멸의 기색을 드러내는 이들도 있었다.

비무대 위의 그들은 물론, 비무장 밖의 강호인들 시선도 과히 좋지 않았다.

마교의 장로와 비강시들 만으로도 큰일인데, 사파의 요부로 유력한 여인까지.

개판도 이런 개판이 없었다.

이 자리에 흑도맹주가 왔다고 해도 허언이 아니라고 생각될 정도였다.

독고월은 그녀를 어깨 뒤로 흘끗 보며 말했다.

"지우고 싶다는 그 과거의 별호가 좀 궁금은 하네."

"……그런 거 잊어버린 지 오래야."

우습게도 어두운 안색이었다. 이번엔 아까처럼 같잖은 연기가 아니었다. 정말 지우고 싶은 과거였는지 볼살이 미약하게 떨렸다.

주위에서 그녀를 보는 시선들이 송곳이 되어 찌르는 것만 같았다. 물론 크게 내색은 하지 않았지만, 동요한다는 것쯤은 열 살배기 꼬마애도 알아챌 수 있었다.

독고월은 전직 사파의 요부였던 가해월을 뒤로 하고 단

목경진 앞에 섰다.

"그래도 네가 이 금수만도 못한 것들보단 낫다."

"지, 지금 뭐라 했느냐!"

단목경진이 저도 모르게 말을 더듬었고.

주위에 있던 나머지 여덟도 당황한 눈치.

독고월은 그들을 보며 조소를 흘렸다.

"적어도 뭘 잘못한 줄은 알잖아?"

"……."

독고월을 보는 가해월의 눈빛이 살짝 달라졌다. 나지막
했던 독고월의 목소리에 힘이 실리기 시작했다.

"안 그러냐? 이 굴러다닐 개똥밭도 아까운 것들아."

2

다 보는 앞에서 세상에 다시없을 치욕을 줬다. 그것도
무림맹주를 포함한 명문세가의 가주들에게까지.

비무대 밑에서 보고 있던 남궁문희와 모용준경의 안색
이 아연실색해졌다.

강호용봉회의 후기지수들 눈빛은 더 이상 호의적이지
않았다.

강호인들의 얼굴도 험악하게 일그러졌다.

그 정도로 독고월이 한 말은 파급력이 컸다.

단언컨대, 이제 독고월과 무림맹은 양립할 수 없었다.

형언할 수 없는 북리천극의 표정을 보건대, 독고월이 강호의 공적으로 선포되는 건 시간문제였다.

아니, 이 자리는 제대로 빠져나갈 수는 있을까?

성난 군웅들이 있는 곳이다.

초절정 무인이라고 해도 이들 모두를 상대할 순 없었다.

게다가 명문세가의 가주들이 데려온 병력도 있었다. 소수정예란 말이 어울릴 정도로 뛰어난 무인들이었다.

저도 모르게 긴장한 가해월은 독고월의 속내를 도저히 모르겠는지 고개를 흔들었다. 그가 시키는 대로 했고, 연유를 물어도 시키는 것만 잘하라며 면박만 줬다.

참으로 싹수가 없는 놈이다.

끝내주는 미인을 부려 먹어도 너무 부려 먹었다.

노인공경…… 아니지! 아름다운 여인을 향한 배려 따윈 엿 바꿔 먹은 지 오래였다.

그럼에도 가해월은 독고월의 등을 걱정 어린 눈초리로 바라봤다. 암암리에 내력을 끌어올린 가해월은 독고월이 요청하면 도와줄 작정이었다.

독고월은 그런 가해월의 뜻을 알아차렸지만, 무시하고 소군 쪽을 바라봤다.

소군은 넋이 나간 서문평을 수중에 두고 있었다.

무슨 속내로 저러는지 짐작은 가나, 이 싸움의 여파를

받지는 않는덴 충분하다.

가해월은 따로 할 일이 있었으니까.

스스슥.

독고월은 비무대를 포위한 무인들을 바라봤다. 하나같이 고수가 아닌 자들이 없었다. 눈앞의 가주들은 말할 것도 없고.

형형한 눈빛들이 일제히 독고월에게로 쏘아졌다.

그 중 단연 압권인 북리천극이 굳게 다 물렸던 입술을 뗐다.

"참으로 광오하구나. 내 그간 어린놈의 치기라고 생각하여 천둥벌거숭이 같은 네놈의 행동을 이해해주려고 선심을 썼지만……."

"웃기는군. 어떻게 족쳐서 입을 열게 할까, 생각밖에 없으면서 선심은 개뿔!"

독고월의 이죽거림에 또 말문이 막힌 북리천극의 얼굴이 붉으락푸르락 해졌다. 건방진 어린놈이 숫제 동년배 취급이다. 성질이 있는 대로 뻗쳤지만, 파락호처럼 구는 놈과 강호의 도의를 논해봤자, 체면만 추락할 뿐이었다.

이럴 땐 힘으로 찍어누르는 수밖에!

북리천극이 양팔을 걷어붙이고 나섰다.

더 이상의 대화는 무가치하다는 걸 몸소 알려준 독고월은 씩 웃었다.

"진즉 그랬어야지."

한데 단목경진이 또 북리천극의 앞을 가로막았다.

더는 장단에 맞춰줄 생각은 없었던 독고월이 진각을 밟았다.

파앙!

순식간에 쏘아진 독고월의 신형이 단목경진 앞에 나타났다.

쉭!

경악한 단목경진이 반사적으로 검을 내질렀지만, 독고월의 손아귀에 간단히 잡혔다.

"미친놈, 네놈의 손가락을 모두 잘라내주마!"

단목경진이 그대로 검병을 비틀었다. 예리한 검날에 맺힌 검기라면 놈의 손가락을 모조리 잘라내야 하는데.

부들부들.

잡힌 검날은 움직일 생각을 하지 않았다. 거기다 있는 힘을 다해 내공을 불어넣었는데도, 검기는 계속 빛을 잃어갔다. 종국엔 사그라졌다.

"이노옴!"

옆에서 기회를 노리던 팽가의 가주 팽목이 애병을 벼락처럼 휘둘렀다.

평생을 갈고 닦은 한 수에 기습을 더하자, 단목경진의 검을 잡은 독고월의 팔이 그대로 잘려 땅에 떨어질 것만 같았다.

팽목 또한 당연히 그렇게 될 거라 여겨 득의만만한 미소를 지었으나, 나타난 것보다 빠르게 사라졌다.

까앙!

어느새 단목경진의 검이 그의 애병인 도를 쳐낸 것이다.

당황한 팽목은 무슨 짓이냐고 단목경진을 쳐다봤다가, 이내 후회했다. 단목경진이 방해할 이유 따윈 없었다.

독고월이란 놈이 벌인 짓이 분명하니깐.

하지만 최절정이라는 경지치고 너무 쉽게 당했다. 어린애 손목 비틀 듯이 검에 실린 경력을 해소하는 건 물론!

빠악!

이렇듯 손쉽게 이마에 각법을 허용하게 될 줄이야.

이마를 얻어맞은 팽목은 그대로 고꾸라졌다.

다행히 경추는 부러지지 않았지만, 독고월의 각법에 실린 경력은 팽목의 뇌를 흔들기에 충분했다. 조금의 힘만 더 했다면 곤죽이 되고도 남을 위력이었다.

"커헉!"

팽목이 피를 토했다.

분노한 단목경진이 독고월의 심장을 향해 검을 내찔렀다.

일점으로 집중된 검기는 일견하기에 검강처럼 휘황찬란하게 빛났다. 독고월의 내력에 의해 통제되었던 걸 분풀이라도 하는 것처럼 어마어마한 위력으로 쏘아진 것이다.

그 엄청난 속도에도 독고월은 여유롭게 굴었다.

여유로운 놈의 모습에 단목경진은 까닭 모를 불안감을 느꼈다.

차앗!

태극양가의 가주 양무경이 기습적인 금나수로 독고월의 완맥을 틀어쥐어 꺾어 돌렸음에도 말이다.

그 덕분에 독고월의 신형이 호쾌하게 돌아가며 단목경진이 쏘아낸 검기에 한층 더 다가갔다.

거기다 황보세가의 가주 황보호진은 이미 권풍으로 독고월이 피할 방위를 모두 차단했다. 설령 귀신같은 재주가 있어 단목경진의 검기를 피한다고 한들. 제삼, 제사의 공격들이 뒤이어질 터.

판을 짠듯한 절정의 최고수준에 이른 무인들이 펼친 합격술은 감탄이 나올 정도였다. 초절정 무인인 북리천극의 간담이 서늘해질 정도로 죽이 척척 맞았다.

설령 운이 좋아 한둘을 물러나게 한데도, 쉴 새 없이 이어질 공격들이었다. 북리천극이라도 공격 중 상당수를 허용하고 말았을 것이다.

죽은 남궁일도 이들의 합격술에 채 서너 초식을 못 버텼다. 금세 손발이 어지러워졌었다.

여덟 가주의 합격술은 그 정도로 대단했다.

한 손이 열 손을 감당할 수 없는 건 만고불변의 진리.

하물며 노강호들이다. 초절정 무인에 대한 대비책이 없을 수가 없었다.

늙은 생강이 맵다고.

북리천극도 가세할 기회를 엿보고 있었다. 대놓고 합격할 순 없지만, 저들을 혹여라도 물리치면 그 틈을 타 몰아붙일 것이다.

시건방진 놈의 기세를 꺾을 실력이 북리천극에겐 있었다.

만약 과거의 독고월이었다면 속수무책으로 당하다가, 북리천극에게 최후를 맞이했을 것이다.

남궁일처럼 믿을 수 없어 하며.

퍼엉!

등에 일장을 얻어맞아 핏줄기를 흩뿌리고.

까앙!

잘려나간 창천검을 볼 새도 없이 호신강기를 급히 끌어올리고.

-쿠웨에엑!

큰 내상을 입어 욕지기를 해도. 청수하게 빗어넘긴 머리가 헝클어지다 못해 피에 젖어도, 단정한 의복이 넝마가

되어도. 내상이 심해져 연신 주춤거리며 물러서도. 이들의
매서운 손속이 가혹할 정도로 계속돼도.

남궁일은 이들을 원망하지 않았다.

조소하는 눈빛을 보내는 북리천극에게 허탈함은 느꼈을
지언정, 한 줌의 원망도 품지 아니하였다.

복수?

"대체 왜 그래야 하는 건데?"

독고월이 쓸쓸히 뇌까렸다.

죽은 당사자는 조금도 원치 않는 짓거리를 대체 왜 해야
하는 거냐고? 자나 깨나 강호의 안위만 걱정하던 그 멍청
한 놈이 뭐 좋다고 말이다.

정말 멍청한 놈이지.

콰아아앙!

그들이 쏘아낸 절초들이 독고월을 향해 폭풍처럼 몰아
쳤다.

3

우르릉!

비무장을 뒤덮은 폭음을 뚫고 나온 날벼락이 있었다.

의복이 넝마가 되다시피 한 몰골이라면 낭패한 기색이

어야 함이 마땅한데, 모든 공세를 뒤로하고 빠져나온 독고
월의 눈빛엔 그런 기색이 없었다. 그렇다고 여유와는 거리
가 멀다.

휘이이잉.

지금 독고월의 신형이 있는 곳은 박살 난 비무대 위였
다.

거리는 지상에서 십여 장.

사람들은 박살 난 비무대 속에서 독고월을 찾았다.

유일하게 독고월의 위치를 눈치챈 이가 있었다.

북리천극.

그가 입술을 피가 나도록 깨물었다. 무시무시한 속도로
그 엄청난 공세들을 무위로 돌리는 놈에 경각심이 든 것이
다. 그리고 예감이 들었다.

아직 놈이 모든 걸 보이지 않았음을.

월광도가 하늘 높이 들렸다.

창공에 걸린 월광도를 내리그을 시, 지상엔 목불인견의
참사가 펼쳐질 것이다. 북리천극이야 제 한 몸 간수할 수
있겠지만, 나머진 아니었다.

아마도 태반이 쓸려나갈 거다.

육도낙월을 제일도부터 제삼도만 펼쳐도 발밑의 개미떼
는 모조리 죽는다.

이대로 내리그을까.

그때였다.

-그러길 바라지 않으셨을 거예요.

아련한 울림이 이를 막았다.

초난희.

허리춤에 걸린 비수 속, 모습을 드러내지 않은 그녀가 속삭인 것이다. 비수로부터 시작된 부드러운 기운이 그 유혹을 뿌리치게 해줬다.

하긴, 이럴 거면 판을 짜놓을 필요도 없지.

"아서라, 그럴 생각도 없었다."

코웃음을 치며 밑을 바라보니 가해월은 이미 멀찌감치 물러나 있었고.

북리천극은 독고월을 무시무시한 시선으로 노려보고 있었다.

그 시선에 허둥대며 독고월을 찾던 이들도 눈치챘다.

"허어, 이럴 수가!"

"대체 어느새…… 말도 안 돼."

"……신출귀행한 경공술이구나."

탄식하는 이들은 하나같이 아연실색한 안색이었다. 전력을 다해 싸그리 몰아붙였는데도, 좁은 틈조차 없었던 공세를 비집고 나와 저 위에 떠있다니.

초절정 무인.

그 이름이 가진 무게가 군웅을 짓눌렀다.

만약 지금처럼 몰랐던 상태에서 그가 공세를 펼쳤다면 자신들은 감당할 수 있을까?

부정적인 장면이 절로 그려졌다.

그들이 서로 돌아봤다. 이미 시작한 마당, 가만히 앉아서 당할 순 없는 노릇이었다.

이어질 공세에 북리천극까지 더한다면 아무리 날고 기는 놈이라도 버틸 순 없을 터였다.

북리천극이 그들의 시선에 고개를 끄덕여줬다. 독고월의 수준을 인정하고, 체면을 벗어던지기로 결정 한 것이다. 잠깐의 오욕을 감수하면 시간이 모든 걸 해결해줬다.

또 말로 해결하기엔 너무 멀리 온 작금의 상황이었다.

어차피 양심이란 단어는 이들과 어울리지 않았다. 비겁하다는 잡음쯤이야 아무것도 아니었다.

북리천극과 여덟 명의 고수들은 내려올 독고월을 기다렸다. 각자의 절초들을 준비한 채.

그들을 바라본 가해월은 구역질이 나올 것만 같았다. 구정물보다 더러운 그 내심들을 읽은 것이다.

그래도 한 마디는 해줘야지.

"야 이 발기도 안 되는 노친네들아! 작작 좀 해!"

"……!"

그들은 어처구니없는 그녀의 말에 살기가 일었지만, 곧 거두어야만 했다.

독고월을 앞둔 상태에서 그런 여유는 사치다.

우르릉!

마른하늘의 날벼락치는 소리와 함께 독고월이 사라진 순간.

그들은 제 눈을 의심했다. 독고월의 잔영조차 쫓을 수가 없었던 것이다.

북리천극만이 유일하게 양손을 들어 장력을 떨쳤다.

아무도 예상치 못한 방향을 향해서!

"저길세!"

"하아아압!"

그제야 그곳이란 걸 알아챈 여덟 고수들이 각자의 절초를 쏟아부었다.

쏴아아아아!

거대한 파랑이 일어났다.

콰콰콰쾅!

이미 박살 난 비무장이 일거에 쓸려나갈 정도의 위력이었다.

"이노옴!"

북리천극은 미친 듯이 쌍장을 휘둘렀다. 가공할 내력이 담긴 장력이 독고월이 피할 방위를 모두 점했다. 뒤이어 닥치는 여덟 개의 절초에 적중되게 하기 위함이었다.

먼지와 비산하는 나뭇조각 사이로 흐릿한 인영이 언뜻

보였다. 격랑 위의 조각배처럼 이리저리 휘둘리는 그 모습에 북리천극 이하들은 희열을 느꼈다.

잡은 것이다.

그 득의만만한 미소들을 본 소군은 참을 수 없는 역겨움을 느꼈다.

"정말이지 무림맹은 잘못돼도 한참 잘못됐군요."

그 이유가 무엇 때문인지 어렴풋이 알 것 같았다.

인의무적 남궁일.

걸출한 용이 사라진 자리를 독니를 앞세운 이무기들이 차지한 탓이다.

"막장도 이런 막장이 없다니."

"……."

서문평의 시선을 느낀 소군은 배시시 웃어줬다. 정파의 재화(災禍)는 신교에겐 천금 같은 기회였다. 이건 뭐 밝히고 자시고 할 일도 없었다.

저리 알아서 무너져 주는데 말이지.

소군은 소매를 입을 가린 채 짜랑짜랑한 웃음을 터트렸다.

웃고 있는 그녀의 눈매를 본 서문평은 왠지 모를 불길함을 느꼈다.

"허헉!"

단말마의 비명이 아닌 경악한 신음성이었다.

놀랍게도 북리천극이 주춤거리며 물러나고 있었다. 순식간에 제 앞에 나타난 독고월 때문이다.

독고월은 북리천극을 똑바로 바라봤다. 꽉 쥔 독고월의 주먹이 하얗게 빛났다.

한데 가공할 내력이 담긴 그 일권의 위치는 북리천극의 얼굴 앞이었다.

종이 한 장.

독고월의 주먹과 북리천극의 매부리코 사이의 거리였기에, 다급히 물러난 북리천극이었다.

"대, 대체 어느새!"

여덟 고수가 경악 어린 신음성을 내뱉었다.

그래도 북리천극만큼 놀라진 않았으리라.

북리천극이 간담이 서늘해진 것보다, 이루 말할 수 없는 치욕스러움에 몸을 떨었다.

"하압!"

빛살보다 빠른 속도로 쌍장을 떨쳐낸 북린천극.

장력에 담긴 어마어마한 내력에 의해 비무대 위로 일진광풍이 몰아쳤다.

하지만 그 중심에 독고월은 없었다.

틱.

북리천극은 제 목에 대어진 뭉툭한 쇳덩어리에 기함할 정도로 놀랐다. 차가움은 둘째치고 이리 간단히 뒤를 내어

주다니, 꿈인지 생시인지 분간이 안 갔다.

"맞지도 않는 용포를 쳐 입는다고, 용이 되는 건 아니지."

월광도를 든 독고월의 이죽거림은 당연하게도 북리천극을 격분시켰다.

"이노오⋯⋯!"

4

짝!

쇳덩이나 다름없는 도면이 뺨을 치는 소리였다.

고통스럽진 않지만, 고개가 밀려날 위력은 됐다.

"⋯⋯!"

격분했던 북리천극은 너무 황당한 나머지 말문을 잃었다. 지금 자신이 무슨 짓을 당한 건지 순간 잊어버릴 정도로 충격이 컸다. 부풀어 오른 빨간 뺨이 화끈거렸다. 돌아버릴 것 같았다.

주위가 무서울 정도로 고요해졌다.

지켜보는 이들이 침을 꿀꺽 삼키는 소리만이 들려왔다.

무림맹주에게 있을 수 없는 치욕을 안기다니.

무도함을 넘어서도 한참 넘어섰다.

쇄에에엑!

손을 뻗은 북리천극을 향해 무언가 쏜살같이 날아왔다.

천지검이었다.

북리천극이 경지에 이른 걸 증명이라도 하듯이 먼 거리임에도, 허공섭물을 펼친 것이다.

절정에 오른지 꽤 된 무인도 겨우 흉내 낼 수 있는 기예를 저리 쉽게 해내다니.

강호인들도 적잖이 놀랐다. 웅혼한 내력이 아니고서야 꿈도 못 꿀 일이었다.

단목경진을 필두로 한 여덟 고수들은 걱정부터 됐다. 북리천극 스스로가 내건 맹세마저 저버릴 정도로 분노한 심정을 이해는 하나, 검을 든 이상 일대일 대결을 고수할 가능성이 커져서다. 차라리 자신들 모두가 가세해 꺾어버리는 게 여러모로 낫다.

착.

천지검을 잡은 북리천극이 살벌하고 삼엄한 눈빛으로 말했다.

"처음부터 본 맹주의 체면을 뭉개버릴 작정이었더냐?"

독고월은 대답 대신 붉게 달아오른 목을 긁적였다.

"보답은 해야지. 이렇게 좋은 선물도 받았는데 말이야."

"……"

의미심장한 말에 북리천극의 눈빛이 매서워졌다. 북리

강과 비무를 앞두고, 매수한 심사관을 통해 산공독을 살포한 걸 말함을 어렵지 않게 눈치챈 것이다.

"뭘 잘못 주워 먹어 탈이 났군."

발뺌은 당연했다. 실제로 그가 준비한 산공독은 피부에 발진을 일으키진 않았다. 이유는 알 수 없지만, 누군가 수작을 부렸거나 그 심사관의 허술함이 원인일지도 몰랐다.

독고월의 눈이 가늘어졌다.

"뭐, 좋지. 위선자들의 뒤가 구린 짓을 보는 건 하루 이틀이 아니니깐. 내 이건 문제 삼지 않지."

"그럴 수……!"

소군이 막 한 발 나서려는 순간.

"입 다물어."

독고월의 살벌한 경고가 이를 막았다. 경고만이 아니었다. 독고월로부터 시작된 살기의 끈이 소군을 옥죄기 시작한 것이다.

"으윽!"

소군은 저항하려고 했으나 독고월과의 수준 차이는 그녀의 생각보다 컸다. 억눌린 신음성 뒤에 온몸이 떨렸다.

비강시들이 이를 드러냈다.

그럼에도 독고월은 북리천극을 시선에 두며 입술을 달싹일 뿐이었다.

─그간 네년의 웃기지도 않은 연극과 같잖은 짓거리를 그냥 놔둔 건, 귀찮아서 놔둔 거지. 너희 쪽에 붙기 위함이 아니다. 그러니 나대지 마. 네년은 물론이거니와 저 저주 받을 것들 싸그리 없애버리기 전에.

"……!"

소군은 심장이 철렁 내려앉을 정도로 놀랐다. 독고월의 말은 모든 걸 알고 있으면서도 가만히 있었다는 걸 시사해서다. 그런 기색을 전혀 눈치채지 못한 그녀로서는 당연히 허세로 여길 수도 있었지만, 그는 허튼소리를 하는 위인이 절대 아니었다.

독고월이 그렇다면 그런 것이다.

소군은 붉어진 얼굴로 배시시 웃었다.

─정말 대단한데요? 정체를 알고도 절 곁에 두다니요. 그 배포에 새삼 반했어요. 원한다면 도와…….

독고월은 짧게 코웃음을 치고는 월광도를 사선으로 늘어뜨렸다.

"분명히 내 경고했을 텐데 말귀가 어둡지?"

사방이 적인데도 독고월은 아군이 될지도 모를 소군의 가세를 거절하고 봤다.

두두두두.

멀리서 들려오는 말발굽 소리.

무림맹의 핵심타격대와 고수들이 당도했다는 증거였다.

독고월은 그게 들리지 않다는 듯이 월광도로 그녀를 가리켰다.

"목을 잘라주지."

"흥! 알겠다구요."

소군은 고민할 새도 없이 얼른 고개를 끄덕여야 했다. 지금 그와 척을 지는 건 자신에게도, 신교에게도 좋지 않았다. 저리 알아서 무림맹과 연을 끊어주는데 마다할 이유가 없었다.

회유는 나중이다.

전신이 독고월의 내력에 잠식된 와중에 머릿속을 굴려 내린 결론이었다.

소군이 쉬이 물러서자, 북리천극이 의외라는 듯이 쳐다봤다. 나서려던 소군이 말하는 투가 뭔가 알고 있는 듯해서다.

설마!

북리천극은 그제야 눈치챘다. 마교의 저 계집이 뭔가 수작을 부렸을 가능성을 말이다. 심사관을 통해 살포한 그 산공독은 저렇게 눈에 보이는 효과를 낼 순 없다.

그렇단 이야기는 바꿔치기 당했단 거다.

북리천극이 무시무시한 눈으로 소군을 바라봤다.

소군은 경멸 어린 눈빛으로 마주 봐줬다.

저 계집이 독을 바꿔치기했다면, 심사관의 신병도 확보해뒀을 터. 만약 매수했던 심사관을 통해 군웅 앞에서 그걸 밝혔다면 어찌 되었겠나.

설상가상으로 신뢰를 잃는 건 물론, 자리까지 보전하기 어려웠을 것이다.

아찔한 상황이 절로 그려졌다.

독고월을 바라보는 북리천극의 시선은 복잡했다. 소군의 말을 막는 것도 모자라, 입술까지 달싹였다. 전음으로 경고를 한 게 분명한 상황이었다.

어째서 저 무도한 놈이 소군의 입을 막는지 북리천극의 머리로는 도저히 알아낼 수가 없었다.

그 내심을 읽었는지 독고월이 비웃었다.

"안 돌아가는 머리 굴리는 소리가 예까지 들리네. 두들겨 맞을 준비는 했느냐?"

북리천극의 고민은 그 한 마디로 끝났다. 살생부 첫 줄 아니, 두 번째 줄에 오른 놈을 단죄하는 일만 남았다. 여덟 가주가 보내는 전음들이 들려왔지만, 일제히 무시했다.

구겨진 체면을 다시 회복시키려면 일대일 대결로 꺾어야 했다.

보는 눈이 너무 많지만, 북리천극은 자신이 질 거란 생각은 추호도 하지 않았다. 놈의 비정상적인 빠르기가 걸리긴 하나, 비장의 한 수가 있었다.

품에서 붉은색 단약을 꺼낸 북리천극이 의미심장하게 웃었다.

-지금은 멸문하여 사라진 축융가에서 대대로 전해져 내려온 비전의 단약, 화신단(火神丹)이라고 하더군.

"......"

갑자기 뜬금없는 전음에 독고월이 의아해했다. 머리가 어떻게 됐나 싶었다.

광기가 흐르는 북리천극의 눈빛을 보면 그 생각은 결코, 과장되지 않았다.

-확실히 네놈은 강하다. 고수는 고수를 알아본다고, 네놈의 비정상적인 강함은 앞서 나눈 공방으로 인정하마. 하지만!

꿀꺽.

북리천극은 독고월을 바라보며 화신단을 아무도 모르게 복용했다. 이미 약왕전을 통해 단약에 독이 없음을 확인했기에, 삼킴에 주저함은 없었다.

"후후!"

온몸을 타고 흐르는 진기가 점점 들끓기 시작했다.

-누군가 그러더군. 네놈의 극음지기에 이보다 확실한 효과를 보일 순 없다고.

"......!"

독고월은 자신의 내력을 아는 아니, 귀띔받은 듯한 북리천극의 말에 제 귀를 의심했다.

그리고 곧 그게 무얼 의미하는지 깨달았다.

-내공의 성질을 더해주다 못해 강화시켜준다니, 어디 그 야주란 작자의 말이 사실인지 확인해보면 알겠지.

화르르륵!

북리천극의 어깨 위로 아지랑이가 피어올랐다. 양강지기의 순도가 더욱 깊어진 탓에 마치 불길처럼 일렁였다.

독고월이 머릿속에 경종이 울렸다. 북리천극의 천지검에 맺힌 양강지기 아니, 극양지기 때문이었다.

파앙!

순식간에 독고월의 면전에 당도한 북리천극이 천지검을 내질렀다.

아까의 북리천극과는 속도조차 달랐다.

군백을 강하게 해줬던 잠력환과 같은 효과마저 있던 것이었다!

第 4 章.

第 4 章.

1

콰앙!

천지검과 월광도가 격돌하자, 폭음이 터져 나왔다.

스스슥.

속절없이 물러나는 독고월에 비해 북리천극은 굳건하게 대지에 뿌리를 박고 서 있었다. 단 한 수의 교환으로 결과가 두드러지게 나타났다.

천지검과 마주친 월광도를 통해 전해지는 극양지기가 독고월의 눈살을 찌푸리게 했다. 갑자기 내공이 불어난 것도 있지만, 양기의 밀도가 더욱 높아진 탓이다.

상극이라는 말이 절로 떠올랐다.

"후후, 과연."

북리천극의 표정에 있던 일말의 의심은 완전히 사라졌다. 자신의 일검에 담긴 여력을 제대로 해소하지 못하는 독고월을 보니, 야주란 작자의 말은 거짓이 아니었다.

온몸을 들끓게 하는 극양지기는 천하를 얻은 것 같은 기분을 들게 했다. 주위에 보는 눈들이 없다면, 앙천광소(仰天狂笑)라도 터트리고 싶은 정도였다.

일회성에 그치긴 해도 이 정도라면 눈앞의 독고월을 압도하고 남음이었다.

무림맹이란 거대한 단체를 이끄는 수장으로서 이보다 더 큰 기회가 어딨을까? 독고월을 모두가 보는 앞에서 압도적인 무용으로 꺾는다면 이보다 더 큰 선전 효과는 없으리라.

그리고 앞으로 일어날 잡음도 미연에 방지할 수도 있었다.

강호에서 힘이 곧 법이다.

정파의 최고봉인 무림맹이라고 다를 것이 없었다.

제갈세가를 필두로 한 원로들의 중립도 깨트려버릴 힘이 되고도 남음이었다.

우우웅.

그 어마어마한 극양지기가 북리천극의 온몸을 휘돌고 있다. 당장에라도 몸 밖으로 뛰쳐나올 듯이 요동쳐댔다. 북리천극이 그 맘을 몰라줄 리가 없었다. 그가 누런 이를 드러내며 웃는 순간.

휘아아앙!

극양지기가 듬뿍 담긴 천지검이 폭풍처럼 휘둘렸다.

그 찬란한 검강에 독고월은 감히 마주칠 생각을 하지 못했다. 물러나기 바빴다.

휘휘휘휙!

후끈한 일진광풍이 몰아칠 정도로 맹공을 퍼부어대는 북리천극이었다.

앞서 보였던 여유가 무색하게 독고월은 수세에 몰렸다. 금방에라도 북리천극의 천지검에 목을 내줄 것만 같았다. 피하는 것도 곧 한계에 부딪혔다.

"쥐새끼 같은 놈, 잡았다!"

북리천극이 희열에 찬 외침을 내질렀다. 펼친 그의 연환격이 독고월이 피할 방위를 모두 점해서다.

독고월도 피하는 걸 포기했는지, 월광도를 들어 천지검을 겨우 막아냈다.

콰콰콰쾅!

월광도를 들어 천지검의 검로는 막아내긴 했지만, 넘실거리며 타오르는 극양지기는 막지 못했다.

독고월은 불에라도 덴 것 마냥 물러서기 바빴다.

북리천극이 비릿하게 웃었다. 듣던 대로였다. 알량한 자존심과 일말의 의심 때문에, 사람들 앞에서 협공하던 추태가 절로 떠올랐다.

진즉 복용하고 나설 것을!

-오늘이 네놈의 명일이 될 것이다.

"……."

그 호언장담에도 독고월은 대꾸하지 않았다. 그저 묵묵히 월광도를 고쳐잡을 뿐이었다. 물러나는 모양새에 비해 눈빛은 아직도 죽지 않았다.

북리천극은 객기라고 여겼지만, 의구심이 드는 건 사실이었다. 믿는 구석이라도 있는 건가 싶었지만, 화신단이 주는 획기적인 효과는 그리 길지 않았다. 지금은 놈을 쓰러트리는 데 집중할 때였다.

-어떻게 해주면 좋겠느냐? 팔다리를 모조리 잘라줄까? 아니면 자비를 베풀어 무공을 폐하고 그 세 치 혀를 잘라줄까? 어디 선택해보거라.

"……."

의기양양한 전음이 귓속을 맴돌았지만, 독고월은 여상한 눈빛을 해 보였다.

아까와 달리 말이 없어진 것을 북리천극은 당황하다 못해, 겁까지 집어먹어서라고 여겼다.

실제로 독고월은 북리천극이 공격을 펼치면 제대로 부딪치기보다 피하는 데 급급했다. 피할 수 없는 공격은 월광도로 막았지만, 그마저도 시원찮았다.

지켜보던 여덟 고수는 서로 돌아보며 안도의 미소를 지

었다. 무림맹주 북리천극이 갑자기 사람이 달라진 것처럼 맹공을 퍼붓고, 시건방지게 굴던 독고월이 패퇴하는 모습이 낯설긴 했다. 하지만 지금 상황에서 북리천극의 압도적인 위용은 쌍수를 들고 반길만한 일이었다.

콰콰콰쾅!

천지를 진동시키는 폭음의 향연이 이어졌다.

북리천극이 독고월을 사정없이 몰아붙이고 있었다.

멀찍이 물러서서 지켜보던 소군의 눈은 휘둥그레져 있었다. 돌변한 북리천극의 기세는 그녀가 봐도 대단했다. 일진일퇴도 아니고, 연신 뒷걸음질치는 독고월을 보자니 자신의 눈이 잘못 됐나 싶었다.

"공자님보다 맹주가 한 수 아래인 줄 알았는데, 이대로 가다간 공자의 목이 달아나도 이상하지 않겠는데요?"

"무슨 말도 안 되는 소리를 하오! 형님은 절대 질 리가 없소."

옆에 있던 서문평이 언짢다는 듯이 소리쳤다.

소군은 서문평을 향해 혀를 찼다. 머리도 나쁜데, 보는 눈도 없다니.

"보고도 몰라요? 지금 공자님이 엄청 밀리고 있잖아요. 딱 봐도 답 나오네요. 그리 잘난 척하시더니 한 수 아래인 상대에게 속수무책으로 밀리……!"

말하던 소군의 눈빛이 갑자기 가늘어졌다. 대치하던 북

105

리천극의 수상쩍은 행동이 갑자기 떠올라서였다. 손으로
수염을 쓰는 척하면서 뭔가를 입안에 집어넣은 게 분명했
다.

그렇지 않고서는 갑자기 돌변한 상황과 기세는 설명되
질 않았다.

혹시라도 잠력환과 같은 종류의 단약을 복용한 거라면?

소군의 육감이 경고성을 발했다.

독고월이 위험하다고.

"……."

주위를 둘러보는 소군의 눈에 이곳에 당도한 무림맹의
정예들이 보였다. 비무장 주위를 둘러싼 그들은 천라지망
이라도 펼치려는 듯이, 촘촘한 진형을 이루는 중이었다.
안쪽엔 여덟 고수가 자리해 있다.

거기다 주위에 구경하고 있는 강호인들은 대개 정파인
들.

무림맹의 공적이나 다름없어진 독고월을 도와줄 이는
하나 없었다.

소군.

그녀마저도 이 자리를 빠져나갈 수 있을지 의문부호가
그려질 정도였다. 물론 데리고 온 비강시들을 모두 소모하
면 가능할 법도 했다. 문책은 듣겠지만, 초절정 고수인 독
고월을 데려갈 수 있다면 문제 될 건 없었다.

즉, 지금 상황은 그녀에겐 천금 같은 기회였다.

오만했던 독고월의 콧대가 저리 사정없이 꺾인 상태에서 시기적절하게 소군이 나서서 구명지은을 베풀면, 아무리 독고월이라고 해도 지금처럼 뻗대진 못할 터였다.

이참에 빚을 지운다.

결론을 내린 소군이 요요한 미소를 지었다. 막 손을 들려는 소군이 인상을 그었다. 제 손을 잡은 한 인영 때문이었다.

"뭐죠? 소협?"

"……."

서문평이 양손을 들어 소군의 팔을 놔주지 않았다. 털어내고자 하면 못 털 것도 없었다. 일단은 한 번 더 물어봤다.

"뭐냐구요?"

"……."

여전히 대답이 없자, 소군의 아미가 찌푸려졌다. 비강시를 시킬 것도 없이 이대로 일장을 뿌려내어 서문평을 패퇴시킬까 싶었다. 하지만 그러지 말아야 함을 누구보다 잘 아는 그녀다.

서문평을 쓰다듬던 독고월을 보지 않았나.

소군은 마지막 인내심을 발휘했다.

"내게 할 말이라도 있나요?"

"형님은……."

"네?"

고개 숙인 서문평의 이어진 말에 소군은 미간에 내천자를 그렸다.

"……누구에게도 지지 않을 강한 분이오"

"누가 그걸 모르……!"

"그럼!"

느닷없는 서문평의 호통이었다.

말을 잘린 소군의 차가워진 눈빛을 보며 서문평이 한자씩 힘주어 말했다.

"가만 계시오."

나대지 말라는 것이다. 독고월이 보냈던 전음처럼.

"……."

소군은 꿀 먹은 벙어리 마냥 멍하게 서 있었다.

가만두지 않겠다는 상대가 강호인들이 그렇게 두려워하는 마교의 십이 장로라는 사실을 알고 하는 말인 걸까? 손만 까닥여도 쥐도 새도 모르게 죽일 수 있는 인물이란 것도?

하지만.

"만약 나선다면 내 소저를 절대로 용서치 않을 것이오."

"……."

서문평의 단호한 얼굴에선 추호도 물러서지 않겠다는

의지가 느껴졌다.

소군의 입장에선 기가 찰 노릇이었다.

2

아무리 서문평이 눈치가 없다고 해도 형님과 관련된 것만큼은 잘 알았다. 소군이 독고월을 도와주는 모양새가 불러올 파급력을 말이다.

그럼 정말로 끝장이었다.

독고월이 보다 확실하게 공적으로 선포되는 것도 모자라, 갖은 오욕을 뒤집어쓰게 될 것이다. 그렇게 되면 독고월이 갈 곳은 마교나 흑도맹과 같은 사파의 무리밖에 없게 된다.

절대로 그렇게 되게 만들지 않을 것이다.

서문평은 작은 입술을 앙다물었다.

제법 매섭게 소군을 노려봤지만, 순후한 눈망울이 그래봤자 얼마나 무섭겠나.

소군은 아미를 찌푸렸다. 두 눈 동그랗게 뜨고 노려보는 한 주먹거리도 안 되는 애를 보면 나올 건 비웃음밖에 없었다.

픽!

소군의 하얀 손가락이 서문평의 수혈을 짚었다.

당연하게도 서문평은 반항 한 번 못해보고 그대로 쓰러졌다.

아무리 그녀가 독고월보다 약하다고 해도 자그마치 초절정의 경지를 엿보는 실력을 지니고 있었다. 눈앞의 애송이 하나 처리하는 건 어린애 손목 비틀기보다 쉬웠다.

소군이 손가락을 까닥였다.

비강시 하나가 서문평을 안아 들었다.

서문평이 기겁했다.

"이거 놓으시오! 놓으란 말이오."

"잘 감시하고 있어."

그으.

알았다는 듯이 비강시에게서 낮은 울음소리가 들려왔다.

소군은 아직도 패퇴를 거듭하는 독고월을 보다가 눈꼬리를 매섭게 치켜떴다.

스르릉.

검을 빼든 무림맹의 정예들이 소군의 앞을 가로막는 중이었다.

하나같이 고수가 아닌 자들이 없었다.

"이건 또 뭔가요?"

소군이 짜랑짜랑한 교소를 터트렸다.

다가오던 무림맹의 고수들은 발을 멈췄지만, 포위를 풀진 않았다.

탁탁.

소군은 앞에 내려선 여덟 고수는 싸늘하게 노려봤다.

단목경진을 필두로 한 세가의 가주들이었다. 남궁세가
의 가주인 남궁문희는 남궁민의 부축을 받고 물러난 지 오
래였다. 남궁문희를 제외한 나머지 가주들이 소군을 포위
한 것이다.

"이걸 신교와 대전을 벌이겠다는 뜻으로 받아들여도 되
나요?"

"간악한 마교 계집이 혀를 놀리는구나. 이미 본 맹의 행
사를 망치는 것도 모자라, 이런 저주받을 마물들까지 들여
놓고, 뭐? 대전을 벌이겠다는 뜻으로 받아들여도 되느냐
고? 어디 본 가주의 도 앞에서도 그런 말을 할 수 있을지
두고 보마."

호전적인 팽목이 가장 앞서 나서며 도를 겨눴다. 아까
독고월에게 당한 부상은 제법 회복한 듯 보였다.

그으으.

그 눈에 띄는 적의에 비강시들의 눈이 뻘게졌다. 살 떨
리는 기세가 순식간에 장내를 장악했다.

"이, 이건!"

앞에 나섰던 팽목의 수염이 파르르 떨렸다. 그간 마교의
비밀병기인 비강시에 대해 어렴풋이 알고 있었지만, 이 정
도일 줄은 몰랐다.

수준 자체가 다르다.

거기다 비강시의 장점은 엄청난 내구성과 공포를 모르는 점이었다. 오체분시가 되는 순간까지 날뛰는 게 가능하다는 소리였다.

달리 강시(殭屍)겠나.

팽목 뿐만 아니라, 무림맹 정예들의 기세가 대번에 꺾여버렸다. 하지만 이곳은 무림맹의 심장부까진 아니더라도 정파의 영역이었다.

수많은 정파 강호인들이 있는 곳이다.

그걸 증명이라도 하듯이 지켜보고만 있던 강호인들이 속속들이 나섰다.

"이 저주받을 마물들을 없애는데, 두 팔 걷어붙이고 돕겠습니다!"

그 말을 필두로 강호인들이 소군과 비강시들을 에워싸기 시작했다.

기백이 넘는 숫자가 가세하자 천군만마를 얻은 심정이라며 여덟 가주들이 체면도 잊고 포권을 해댔다.

강호인들이 각자의 병기를 꼬나쥐며 무림맹의 정예들과 함께 다가왔다. 개중엔 모용준경을 제외한 강호용봉회의 후기지수들도 있었다.

용기백배한 그들이 뿜어내는 기세는 가히 대단했다.

소군에게 위기가 찾아온 것이다.

그럼에도 불구하고.

"호호."

소군은 여유롭게 웃었다.

지켜보던 강호인 중 하나가 버럭 소리 질렀다.

"뭐 좋다고, 쳐 웃는 것이냐! 간악한 마교 계집……!"

빠악!

말하던 강호인의 머리가 순식간에 박살 났다.

뻗었던 손을 거두며 소군이 싸늘한 미소를 지었다. 빛살처럼 빠른 음유한 장력으로 욕하던 강호인을 격살한 것이다.

"그간 신교가 잠잠히 있었더니, 우습게 보여도 너무 우습게 보였네요."

"이, 이!"

당황한 강호인들이 주춤거렸다. 나선 이 중 누구도 마교의 진면목을 본 이는 없었다.

그간 너무 평화로웠던 이유도 있었지만, 신교가 천산을 경계로 활동을 자제한 자체적인 이유도 있다.

비강시들이 일제히 시퍼런 손톱을 드러냈다.

한철도 종잇장처럼 찢는다는 비강시의 무시무시한 손톱이었다. 소군이 마음만 먹으면 이 자리에 있는 모두를 말살시킬 수 있었다.

소군이 긴장한 여덟 가주를 향해 다시 한 번 물었다.

"정녕 신교와 끝을 봐야겠나요? 그리고 지금 우릴 감당할 순 있고요?"

"크윽!"

앞서 나섰던 팽목이 분한 신음성을 내었다.

적의를 드러낸 비강시의 위용은 명불허전이었다. 길보다 흥이 많겠다는 생각에 기가 대번에 꺾였다.

호전적인 팽목이 그럴진대 다른 이들은 어떨까?

강호인들은 서로 눈치 보기 바빴다. 이미 비강시들이 내뿜는 살기에 잠식된 것이다.

소군은 요요한 눈웃음을 치고는 한쪽을 흘끗 봤다.

독고월은 여전히 위태로웠다.

북리천극의 기세는 갈수록 매서워지다가 절정으로 치닫고 있었다.

일각.

앞으로 일각이면 독고월은 북리천극이 내지른 천지검에 꿰뚫려 죽음을 맞이할 것이다.

그런 예상이 절로 들 정도로 북리천극의 검 놀림은 갈수록 날카로워졌고, 독고월은 잘난척하던 모습이 무색하게 속절없이 밀리는 중이었다.

이젠 소군이 선택할 때였다.

아까의 이상한 여인 가해월이 사라진 게 신경 쓰이긴 하지만, 아무렴 어떠하랴.

그깟 절정고수 하나가 사라졌다고 해서 문제 될 건 없었다.

이미 독고월에게 빚을 지우기로 마음먹은 소군이었다. 이제 이 정도 됐으면 독고월도 알았을 거다.

소군이 돕지 않으면 제 목숨도 끝장이라는 것을.

"그럼!"

소군이 흥에 겨워 소리쳤다. 모든 게 그녀의 생각대로 가는 중이니 당연했다.

그 짜랑짜랑한 웃음소리에 담긴 살의를 읽었을까.

비강시들이 흉흉한 살기를 내뿜기 시작했다.

강호인들이 한발 물러섰다.

여덟 가주들과 무림맹의 정예들이 얼른 검진을 형성했다. 살인 병기로 소문난 저주받은 마물들이 곧 들이닥칠 것만 같았다. 검병을 움켜쥔 손들에 땀이 흥건해졌다.

웃음을 멈춘 소군이 그런 이들을 향해 짤막하게 명했다.

"모두 죽여라."

그으으!

명이 떨어진 동시에 비강시들이 강호인들에게 일제히 날아들려는 찰나였다.

3

"끄아악"!

귀청을 먹먹하게 하는 비명이 모두의 움직임을 멈추게
했다.

나이 든 자의 목소리가 아니었다. 젊디젊은 목소리였다.

"이, 이런!"

소군이 당황한 나머지 말까지 더듬을 정도로 최악의 상
황이 눈앞에 펼쳐졌다.

비강시가 날아 들을 새도 없이 가슴에 일검을 허용한 독
고월이 휘청거리고 있었다. 월광도는 싸우다가 어디로 날
아갔는지 적수공권이었고, 그의 양손은 천지검을 움켜쥐
는 중이었다.

"으, 으으으으."

참담하게 일그러진 독고월의 표정에 핏기가 점점 가시
는 중이다.

북리천극은 회심의 미소를 지었다. 있는 대로 맹공을 퍼
부은 터라 약간의 피로함은 느꼈다. 마침 전신을 휘도는
강렬한 극양지기도 사그러지는 중이었다.

"끝이다."

북리천극은 독고월의 심장을 검강으로 터트렸음을 직감

했다. 안색이 하얗게 탈색되던 놈이 두 눈을 까뒤집는 걸 보고, 쾌재를 불렀다.

화신단.

놈을 패퇴시킬 수 있을 거라던 말은 사실이었다. 패퇴시키다 못해 죽이기까지 한 화신단의 효과는 대단했다.

북리천극은 천지검을 뽑았다.

"아, 안 돼!"

소군이 비명을 내질렀다.

푸우우우욱!

검이 빠져나간 자리에서 핏줄기가 솟구쳤다.

이젠 대라신선이 와도 살릴 수 없었다.

털썩

독고월은 그대로 허물어졌다가 아니, 뒤로 넘어갔다.

소군은 믿을 수 없다는 듯이 멍하니 있다가 두 눈을 앙칼지게 떴다.

막 강호인들에게 날아가던 비강시들이 일제히 그녀 주위에 몰려들었다.

소군의 차가운 눈빛이 북리천극에게로 향했다.

"......!"

그것만 봐도 다음 목표가 그려졌다.

여덟 가주를 포함한 강호인들도 그걸 느끼고, 북리천극의 앞을 막아섰다.

기백이 넘는 인원이 만든 인파.

소군은 혈향이 짙은 미소를 지었다.

소군이 데려온 비강시를 모두 동원한다면, 힘이 빠진 무림맹주 북리천극을 죽이는 건 일도 아니다.

그 살의를 읽은 북리천극의 수염이 파르르 떨렸다. 분노해서가 아니었다. 내공이 쭉 빠져나가고 찾아온 허탈감 때문이었다.

화신단으로 인한 부작용.

하지만 당황하지 않았다. 야주란 작자가 한 경고대로였다. 그의 말에 따르면 며칠 정양을 하면 큰 문제가 되지 않는다고 했다.

막아선 군웅들의 희생으로 말미암아 자리를 피해 나중을 기약하면 될 일이었다.

막 북리천극이 수신호위들의 호위를 받으며 물러나려는 찰나.

"흥!"

코웃음을 친 소군이 비강시들과 함께 물러났다. 그러면서 한 마디를 남겼다.

"그러나 오늘 일은 결코, 좌시하지 않을 거예요."

갑작스러운 후퇴에 의아해할 새도 없이 팽목이 소리쳤다.

"쫓아라!"

하나라도 숫자를 줄여놓을 심산이었다.

하지만 단목경진이 이를 막았다.

"아니 되오! 지금은 마교의 간악한 계집을 쫓을 때가 아니외다!"

"그 무슨 소리요!"

소군의 뒤를 쫓으려던 팽목을 비롯한 강호인들이 분통을 터트렸다. 후퇴하는 적을 쫓으며 공격을 가하면 큰 피해를 줄 수 있는 건 지극히 당연했다. 아무리 비강시라고 해도 말이다.

제법 병법에 밝은 단목경진이 고개를 가로저었다.

"지금 적은 우리에게 일격을 당해 수세에 몰려 도망친 게 아니오. 만약 저 간악한 계집이 숲에서 매복해있다가 불시에 습격한다면 어찌 되겠소?"

"그건!"

팽목은 할 말을 찾지 못했다. 얼굴이 절로 빨개졌다.

단목경진이 다가와 팽목의 어깨를 짚어줬다.

"내 가주의 마교척결의 기치를 잘 아오만. 비강시는 여전히 건재하오. 하물며 곧 밤이 올 것이오. 그렇게 되면 우리에게 너무 불리한 상황 아니겠소?"

정확하게 상황을 파악해주는 단목경진의 말이었다.

나머지 가주들도 동의한다는 듯이 병장기를 거뒀다. 그리곤 세가의 병력들을 물렸다.

팽목도 마지못해 수긍했는지 도를 허리춤에 패용했다.

단목경진이 한숨을 내쉬었다.

"참으로 힘든 결정을 내리셨소. 오늘만 날이 아니외다. 곧 무림맹의 행사를 방해한 간악한 마교도들을 단죄할 날이 올 것이오."

"알겠소이다."

팽목은 고개를 끄덕이고는 북리천극을 바라봤다.

나머지 가주들도 무림맹주 북리천극을 향해 시선을 줬다.

"맹주, 고생 많으셨소. 많이 피곤해 보이는데, 괜찮으시오?"

황보세가의 가주 황보호진이 안부를 묻자, 북리천극은 고개를 미미하게 끄덕였다. 솔직히 얼른 운기조식을 들어가고 싶을 정도였지만, 이들 앞에서 약한 모습을 보여주고 싶지 않았다. 피곤함을 억누르고 입술을 뗐다.

"본 맹주는 괜찮소. 것보다 이렇게 강호의 정의를 위해 마교도와 맞서준 군웅들께 진심으로 감사하오."

그러면서 강호인들에게 포권을 해보였다.

와아아아.

그들이 내지르는 함성에 북리천극은 손을 들어 화답했다. 기꺼운 미소를 짓다가 비무장 한쪽을 쳐다봤다.

초절정 무인 독고월의 시체가 그곳에 있었다.

북리천극이 아무도 모르게 득의만만한 미소를 지었다. 그 미소는 나타난 것보다 빠르게 사라졌다. 주위의 보는 눈이 많았다.

정말이지 대단한 놈이었는데, 이리도 허망하게 죽어줄 줄이야.

"참으로 무도하고 강한 자였소만, 역시 맹주의 절륜한 무공에는 못 당하는구려."

태극양가의 가주 양무경이 혀를 찼다. 대단한 실력을 보이던 초정정 고수였는데, 이리 쉽게 갈 줄은 그조차도 예상 못 했다. 그래서 더욱 경각심이 들었다.

무림맹주 북리천극에게 말이다.

같은 배를 탄 그들이었지만, 북리천극이 이렇게 강하다는 건 분명 경계해야 할 요소였다.

그건 다른 가주들의 생각도 같았는지, 북리천극 뒤에서 서로 눈빛을 교환하는 중이었다.

북리천극은 그걸 볼 새가 없었다. 자신이 끝장낸 상대를 보기 위함이기도 했고, 남들이 보는 앞에서 명복을 빌어줄 참이었다.

그게 어떤 효과를 불러올까.

무뢰한이나 다름없이 굴던 놈에게마저 대인배의 면모를 보이면, 강호인들의 귀감이 되고도 남음이다.

그걸 눈치챈 여덟 가주는 쓴웃음을 지었다. 그래서 소군이란 마교 계집이 사라진 곳을 한 차례 바라보았다.

"왜 순순히 물러났는지 짐작이라도 가오?"

팽목이 이들 중 친분이 두터운 양무경에게 물었다.

양무경은 별것 아니라는 듯이 말했다.

"마교도 정마대전을 원하지 않는다는 소리지 뭐겠소?"

"흐음."

미진한 대답이었지만, 지금은 그걸 따질 겨를이 없었다.
막 들려온 북리천극의 경악어린 신음성 때문이었다.

"이, 이건!"

북리천극은 앞에 놓인 시신의 얼굴을 보고 아연실색했
다.

이 무슨 귀신이 곡할 노릇이란 말인가.

전혀 다른 시신이 있었다.

한데 그 시신의 얼굴이 이 자리에 절대 있어선 안 되는
얼굴이었다.

북리천극의 신형이 바람결의 사시나무처럼 떨렸다.

눈앞에 죽은 남궁일의 노쇠한 얼굴.

그걸 보고나니 신형을 주체할 수가 없었던 것이다.

4

가해월은 모용준경을 부축하며 산속을 걷고 있었다. 그

러면서 은근슬쩍 모용준경을 더듬었다.

당연히 모용준경의 눈빛은 잘게 흔들렸다.

그럼에도 가해월은 모르는 척 사심을 채우고 있었다. 특히 탄탄한 가슴팍을 집요하게 만져댔다.

"어머, 어머! 바위처럼 탄탄한 것 좀 봐. 아! 오해는 하지 마, 동생. 이건 부축하려면 어쩔 수가 없다고, 만지고 싶어 만지는 게 아니다 이거지."

"……."

씨알도 안 먹힐 소리 한다.

모용준경이 도와달라는 듯이 한쪽을 물끄러미 바라봤다.

그 시선을 받은 누군가 피식 웃었다.

"그쯤 하지. 젊은 놈한테 치근덕거리는 거 영 볼썽사나우니깐."

"뭐? 치근덕? 본녀가 뭘 했다고!"

볼멘 목소리로 가해월이 항변했지만, 상대는 헛소릴 들어줄 아량이 있는 자가 아니었다.

"애 얼굴색 안보이냐?"

"애 얼굴색이 어때서……!"

가해월은 말을 멈췄다. 저녁놀처럼 새빨개진 모용준경이 눈에 들어온 것이다.

"어디 아픈 건 아닌데?"

"……."

"뭐야아~ 아직 총각 딱지도 안 뗀 사내처럼 굴긴."

가해월의 말에 모용준경은 저도 모르게 경직됐다.

순간 정적이 흘렀다.

동시에 가해월이 두 눈을 희번덕거렸다.

"뭐야, 아직 총각이었어?"

"……!"

모용준경이 저도 모르게 움찔거렸다.

가해월같이 노련한 눈치를 가진 이에겐 빼도 박도 못할
증거였다.

고양이처럼 가늘어진 눈동자에 흐르는 탐욕이라니!

그 노골적인 눈빛을 마주한 모용준경은 침음성을 흘렸
다.

만약 이곳에 그 누군가가 없었다면 덮치고도 남을 탐욕
스러움이 가해월에게서 느껴지고 있었다.

"호호."

여인의 음흉한 웃음소리가 그 불길한 상상이 사실임을
말해줬다.

모용준경은 진저리를 치며 물러서려 했지만, 가슴팍을
잡은 상대의 힘은 상상 이상이었다.

만약.

딱!

소리 나게 누군가 가해월의 이마에 지풍을 날리지 않았
다면, 모용준경은 이대로 눕혀지고 말았으리라.

"꺄악!"

가해월이 이마를 감싸주고 그대로 허물어졌다.

저벅저벅.

지풍을 날린 누군가 다가왔다.

덥석.

휘청거리는 모용준경의 어깨를 잡은 그 누군가는.

바로 인피면구를 벗어던진 독고월이었다.

놀랍게도 비무장에서 죽어 나자빠져 있어야 할 그가, 아
무도 없는 이 한적한 숲 속에서 버젓이 돌아다니고 있었
다.

북리천극이 알았다면 기함할 노릇이다.

"발정 난 개도 아니고. 쯧!"

아름다운 여인에게 잔인하기 짝이 없는 말을 일삼는 걸
보면 확실히 독고월이었다.

가해월은 눈꼬리를 표독스레 치켜떴다. 벌떡 일어나서
대차게 쏘아봤지만, 상대는 그녀의 원독 어린 눈초리를 쥐
똥만큼도 신경 쓰지 않았다.

"괜찮나?"

물론 이건 가해월을 향해 물은 게 아니었다.

말 못하는 모용준경이 고개를 끄덕였다.

독고월이 부축해주며 한 마디 덧붙여줬다.

"조심해. 확인할 길은 없어도 오십 년을 독수공방했다니까. 많이 굶주렸을 것이다."

"······!"

모용준경이 살짝 놀란 표정을 짓자, 독고월이 히죽 웃었다.

"단둘이 있는 건 지양하라고. 특히 지금의 몸 상태라면 반항 한 번 못하고 잡아먹힐 테니."

모용준경은 경계의 눈초리로 가해월을 바라봤다.

당연히 가해월로서는 미치고 팔짝 뛸 노릇이었다.

"뭐야? 야 이 인마, 너 말 다했어!"

그 귀청을 찢는 욕설에 독고월의 검미가 살짝 찌푸려졌다.

"인마?"

"그래, 이 인마! 본녀가 환술로 안 도와줬으면 거기서 놈들에게 썰렸을 이 개새끼야!"

자존심을 박박 긁는 가해월의 욕설은 독고월이 싸늘한 미소를 머금게 하였다.

"시비주제에 말 막 하지?"

"······!"

가해월은 내심 아차 싶었다. 그래도 한 번 꺼내 든 칼! 무라도 썰어볼 요량이었는데.

"누가 네 시비야, 이 새……!"

"……."

말없이 바라보는 독고월의 눈빛이 너무나도 소름 끼쳤다. 닭살이 돋다 못해 아예 닭이 될 정도다.

만약 눈빛으로 사람을 바르는 무공이 있다면, 가해월의 육신은 과거 입었던 나삼보다 얇게 저며졌으리라.

"쳇, 알았어. 알았으니까! 오줌 나오게 노려보지 마. 이제부터 조용히 있을 테니깐. 쫓아내지 말라고."

한발 물러난 가해월이었으나, 입술은 한 닷 발 나와 있었다.

하지만 어쩌랴.

둘 사이는 갑을 관계로 맺어졌는데, 아쉬운 쪽이 수그리는 수밖에 없다.

"쯧!"

독고월은 그 튀어나온 입술이 심히 마음에 들지 않았지만, 여인에게 손대는 취미는 없었다. 적이라면 사정없이 썰어주겠지만, 아직까진 그녀는 적이 아니었다. 그래도 언제고 눈물 콧물을 쏙 빼줄 작정이었다.

부르르.

가해월은 갑자기 든 오한에 놀란 토끼 눈으로 주위를 둘러봤다.

독고월은 모용준경을 부축해주고 있었다.

약속장소까진 그리 멀지 않았다.

모용준경은 독고월의 부축을 받으며 산속 깊은 곳으로 들어갔다. 왜 부상으로 쓸모없어진 자신이 따라왔느냐고 물으면 할 말이 없지만, 독고월이 품은 뜻이 따로 있다고 여겼다.

그래도 궁금하긴 하다.

물론 모용준경은 그의 결정에 이견은 없었다. 의구심이 고개를 치켜들긴 해도, 독고월이 왜 자신을 데리고 이곳에 왔는지 곧 알게 될 터.

마침 초라한 모옥이 눈앞에 나타났다.

해는 서산으로 지는 중인지라, 분위기는 을씨년스러웠다.

안에서 느껴지는 기척은 없었다.

가해월이 고개를 갸웃거렸다.

"약속시각까지 얼마 남지 않았는데? 아직도 안 왔나 본데?"

누구길래 기다리는 걸까?

모용준경은 곰곰이 생각해보다가 독고월을 쳐다봤다.

독고월은 말해줄 생각이 없는 듯이 묵묵히 서 있었다.

가해월은 모옥 안쪽을 살피기 위해 걸음을 옮겼다.

그때였다.

"휙."

128

독고월이 짧은 휘파람으로 주위를 끌었다.

가해월도 마침 눈치챘는지 고양이 걸음으로 독고월의 옆에 바로 붙었다. 그리곤 독고월에게서 모용준경을 건네받았다.

모용준경은 무슨 영문인지 모르겠다는 듯이 주위를 두리번거렸다. 그러다가 서산으로 기운 덕에 어둑해진 음영을 뚫고 다가오는 한 인영을 발견할 수 있었다.

한데 뭔가 이상했다.

절뚝절뚝.

사내가 걸어오는데, 있어야 할 한쪽 팔과 한쪽 발이 없었다.

기괴하기 짝이 모습으로 걸어오는 사내의 옆구리에는 작은 인영이 매달려 있었다.

독고월의 눈빛이 가늘어졌다. 작은 인영은 누군지 안 봐도 알았다.

혼절한 서문평이었다.

한데 그 서문평을 데리고 온 이의 상태가 심상치 않았다.

사내는 얼굴의 절반이 박살 난 상태로 입을 벌렸다. 가슴마저 박살난 상태라 바람 빠진 소리만 나왔지만.

도와줘.

입 모양으로 할 말을 유추할 수 있었다.

털썩.

본분을 다한 사내, 비강시가 그대로 허물어졌다. 명성이 무색하게 엉망이 된 몰골이 말해주는 바는 명확했다.

비강시들도 상대가 안 되는 적이란 소리.

서문평이 바닥에 떨어졌다. 새근거리는 숨소리로 보아 다행히 죽진 않았다.

하지만 독고월의 눈빛이 날카롭게 빛났다.

"선수를 쳤군."

이곳에서 만나자고 전음을 보냈던 소군을 적에게 선수 치기 당한 것이다.

그 적은 누군지 말할 필요도 없었다.

"야주."

독고월은 말이 끝나기 무섭게 진각을 밟았다.

파앙!

비강시가 뚫고 온 방향을 향해 독고월의 신형이 쏘아졌다.

고도로 정신을 집중하자, 제법 거리가 있는 곳에서 잡히는 기척이 몇 있었다.

第 5 章

第 5 章.

1

소군을 도와줄 의리 따윈 없었다.

그저 위기상황에서 서문평을 살려 보낸 것에 대한 보상 심리였을 지도 몰랐다.

우르릉!

독고월은 풍경이 뭉개지는 공간 사이를 홀로 돌파했다.

전인미답의 경지라고 불릴 정도로 대단한 독고월의 경공술이었다.

도착하는 건 시간문제였다.

섬전행까지 펼쳐온 건 소군의 위기가 걱정되어서가 아니었다. 불러올 파급력을 조금이라도 줄이기 위해서였다.

마교의 십이 장로 소군.

그녀가 죽어선 안 됐다. 적어도 몸 성히 빠져나갈 시간
은 벌어줘야 했다.

하나, 독고월의 인상은 그어지고 있었다.

강대한 기척 중 다수가 사라지는 중이다.

그리고 남은 기척 하나는 점점 미약해졌고.

입안에 쓴 물이 차올랐다.

부디 최악의 상황이 아니길 바라보지만, 그건 독고월의
희망 사항이었나 보다.

누구보다 빠르게 현장에 도착한 독고월이 땅에 발을 내
디뎠다.

육편 조각들이 흙바닥을 수놓고 있었다.

마교가 자랑하는 비강시들의 육편이었다.

비강시 세 기면 초절정 고수를 궁지로 몰아넣을 수 있다
는 말이 허언이었을까? 아니면 상대가 너무 강해서일까?

독고월은 후자라고 여겼다.

직접 마주했던 야주의 무위라면 비강시 열 두 기는 누워
서 식은 죽 먹기였다. 지금의 독고월도 최선을 다하면 비
강시 여섯 기는 상대할 수 있었다. 물론 큰 대가를 치러야
하겠지만 말이다.

한데 그런 독고월보다 강한 야주라면 말할 것도 없었다.
수족처럼 따라다니는 십일야가 가만히 있을 리도 만무했
고.

"한발 늦었군."

독고월은 비강시가 당한 모습들을 살폈다.

각기 다른 방법으로 죽은 비강시들, 비강시들에게 당한 흔적은 보이지 않았다.

예상한 대로다.

이렇게 시기적절하게 치고 빠질 수 있는 집단이 이 강호에서 몇이나 되겠나.

비망록을 가진 야주 담천과 십일야면 충분하다 못해 넘쳤다.

독고월은 코를 찌르는 시체의 악취를 뚫고 풍겨오는 혈향을 느꼈다.

유일하게 생기가 도는 인물이었지만, 지금은 그 생기가 점점 희박해지고 있었다.

저벅저벅.

독고월은 비강시들의 파편을 지나 너른 한 바위로 다가갔다.

바위 위엔 한 인영이 꿈틀거리고 있었다.

인기척에 고개를 돌린 인영, 소군의 하얗게 탈색된 안색이 독고월 쪽으로 향해졌다.

벌컥벌컥.

소군이 무언가 말하려고 입을 벌리자, 핏덩이가 한 웅큼 쏟아져 나왔다. 내장조각도 섞여 있었다. 생기를 잃어가는 눈빛도 보였다. 단장의 고통에 비명을 내지르고 있어야 하는데도, 소군은 끝 모를 인내력으로 참아내고 독고월에 무언가 말하려고 애를 썼다.

"끄으, 끄르르!"

"……"

무슨 말을 하는지 알아듣지 못할 괴이한 신음성이었다. 하지만 소군의 다급한 눈동자엔 짙은 회한이 서려 있었다. 어째서 이곳에 왔냐는 질책마저 느껴졌다.

그게 말하는 바는 명확했다.

그리고 독고월도 잘 아는 것이다.

"함정이겠지."

"……!"

소군이 두 눈을 크게 치켜떴다. 독고월이 함정인 걸 알면서도 이곳에 온 것이 혹 자신 때문이 아닌가 싶어서였다.

그 내심을 짐작한 독고월은 쓴웃음을 지었다.

"서문평이 약속 장소로 무사히 도착할 수 있었던 건 날 이곳으로 끌어들이기 위해서겠지. 이곳에 도착하니 알겠더군."

순간의 방심이 불러온 화근이었다.

결승 무대 전날 밤 야주와 담판을 지었던 게 오히려 자극했음인가.

독고월은 회상에 들어갈 새도 없었다.

"끄으."

그럼 알면서도 왜 이곳에 왔냐는 듯이 소군이 손을 휘젓고 있어서다. 어서 가라는 거다. 소군은 독고월의 전음을 받는 순간, 수하를 시켜 모종의 은신처부터 계속해서 표식을 남겨놓은 상태였다.

독고월이 이곳에 있으면 안 됐다.

한 올의 흐트러짐도 허용하지 않는 촘촘하게 짜인 음모의 그물이 독고월을 옭아맬 것이다.

저벅.

독고월이 소군에게 한발 다가섰다. 이젠 손만 뻗으면 닿을 거리였다.

"참 더러운 기분이지? 모든 게 누군가 짜놓은 계획대로 가는 것도 모자라, 조종당하는 기분 말이야."

"끄으으."

소군은 피에 젖은 손을 들었다.

그 덜덜 떨리는 손을 독고월은 잡아주지 않았다.

애초부터 독고월에게 잡아달라고 내민 손이 아니었다. 회광반조 현상에 이은 마지막 유언과 같은 행위였다. 이미 소군의 눈동자는 빛을 잃었다. 눈꺼풀은 너무 무거웠는지 감기지조차 못했다.

"……"

소군은 두 눈을 감지 못하고 숨을 거두고 말았다.

마교의 십이 장로라는 직함에 어울리지 않는 비참한 최후였다. 호위로 비밀 병기라고 할 수 있는 비강시 열두 기도 있었는데도 말이다. 그 정도로 소군은 마교에서 매우 중요한 인물이었다.

마교가 비밀병기가 남아돌아서 비강시를 열두 기나 붙여준 게 아니었다.

한데 이렇게 허망하게 죽다니.

죽은 소군의 부릅떠진 눈이 원통해 보인다.

독고월은 피식 웃었다.

"이렇듯 허망하게 죽는 게 우리네 인생이지."

스윽.

뻗은 손으로 소군의 두 눈을 감겨준 독고월이 뒤를 돌아봤다.

"아니 그런가."

"……."

한발 늦게 도착한 혈풍대의 대주 혈귀의 얼굴이 험악하게 일그러졌다. 혈귀의 시선은 독고월이 아닌 소군에게 향해 있었다. 처참하게 죽은 소군의 시체가 시야 한가득 들어온 것이다.

흉수가 누군지 불을 보듯 뻔하다.

눈앞의 매끈한 외모의 젊은 사내겠다. 이 강호에 떠도는 풍문에 밝은 혈귀는 그가 독고월이라는 걸 어렵지 않게 유추해냈다.

"귀하가 독고월이오?"

제법 묵직한 음성은 의외로 담담했다.

하지만 그래서 더욱 무서운 법이다.

형언할 수 없는 분노를 날뛰게 하는 것보다, 날카로운 칼날로 벼려낼 줄 안다는 거니까.

독고월은 고개를 끄덕이며 적잖이 감탄했다.

마교주가 당대의 혈풍대주를 그리 아낀다더니, 과연 그럴만했다. 천지분간 못 하고 날뛰는 인물이 아니었다.

진중한 가운데 명검같은 날카로움이 번뜩인다.

지금보다 앞으로가 기대됐다.

그러니 혈풍대의 대주라는 직함에 맞는 상황판단력이 혈귀에겐 있었다.

좋게 보면 희소식이나, 그렇지 않음을 독고월은 잘 알았다. 이 강호에서 그렇게 쉽게 풀리는 일이 없었다.

혈귀가 나직하게 읊조렸다.

"귀하가 장로님을 해하셨소?"

"무의미한 질문이군."

"그렇구려."

혈귀의 얼굴빛이 더욱 어두워졌다. 상대가 발뺌한다고 여겨서가 아니었다. 상대는 그런 위인이 아니란 건 척 보자마자 알겠다.

　과연이란 말이 나올 정도로 독고월은 걸출한 용이었다.

　존경하지 마지않는 교주 초무진이 절로 떠오를 정도로
말이다.

　하지만.

　"신교의 십이 장로가 돌아가셨소. 그것도 교주님께서
친히 하사해주신 신물 비강시 열두 기와 함께."

　이어진 혈귀의 말 속에 담긴 참담함이란.

　독고월마저 쓴웃음을 짓게 하였다.

　"누가 했다는 게 중요한 게 아니란 거군. 누가 죽었느냐
가 중요한 거고."

　"그렇소."

2

　그간 너무 잠잠했었다.

　폭풍전야의 고요함처럼.

　독고월은 언제고 했던 초난희의 말을 더욱 확실히 이해
할 수 있게 됐다.

　-이 강호는 언제고 터질 화약고와 같아요.

그녀가 비망록을 쓴 죄책감에서 벗어나기 위한 옹졸한 변명이 아니었다.

실제로 그러했으니까.

강호는 오랜 시간 너무나도 평화로웠다.

이 강호를 삼분한 세력들이 키워온 힘들은 더이상 안에 가둬둘 수 없게 된 상태였다.

독고월은 그 화약고를 좀 더 빨리 폭발시키기 위한 촉매제에 불과했다. 불씨는 어디서든 당길 수 있었지만, 독고월이 있다면 그 시기를 미리 앞당길 수 있었다.

지금처럼 말이다.

"장로의 시신을 모셔가겠소."

혈귀의 정중한 요구에 독고월은 한켠으로 비켜섰다.

마음대로 하라는 뜻을 내비치자, 혈귀가 포권을 취하고 휘파람을 휙! 불었다.

스스슥.

은신해있던 혈풍대의 인원들이 나와서 소군의 시신을 수습했다. 그들이 비강시의 육편들까지 모조리 거둬들이자, 부대주가 혈귀에게 다가갔다.

"상부엔 뭐라고 보고하실 겁니까?"

"소군 장로님을 해한 흉수는……."

혈귀는 말을 하다가 잠시 멈췄다. 그 시선에 잡히는 인물은 월광도를 뽑아드는 독고월이 잡혔다.

"……무림맹의 용봉대전 우승자였던 독고월이다."

혈귀의 말에 부대주는 인상을 그었다.

"드디어 시작입니까?"

용장 밑에 약졸 없다고, 돌아가는 사정을 한눈에 파악한 것도 모자라 이마저 드러냈다.

문득 든 생각에 독고월이 피식 웃었다. 마교가 자신을 영입한다는 게 대전을 일으키기 위한 명분을 만들기 위해서가 아니었을까 싶은 생각이 들었다.

돌아가는 상황을 보니 결코, 과장되지 않은 생각이다.

휙휙!

이어진 부대주의 전음에 시신들을 수습했던 혈풍대 중 삼분지 이가 떠났다.

그럼에도 남은 혈풍대의 대열은 조금도 흐트러지지 않았다. 오히려 더욱 날이 선 예기를 풍겨왔다.

혈귀가 그걸 안쓰러운 눈으로 보더니 독고월을 향해 포권해 보였다.

"기다려주셔서 진심으로 감사드리오."

"……"

독고월에게서 대답은 없었다.

혈풍대의 부대주가 속삭였다.

"가시지요."

"됐다."

"하지만!"

"이 목숨을 바쳐 신교천하를 이루기 위한 반석이 될 수 있는 일이다. 아니 그러느냐!"

혈귀의 호기로운 외침에 남았던 혈풍대는 용기백배한 얼굴로 병장기를 꼬나 들었다.

오오오!

그 호응을 만족스럽게 들은 혈귀가 부대주에게 이어 명했다.

"가라, 이제부터 네가 대주다."

"……!"

부대주의 볼살이 파르르 떨렸다. 결코, 좋아서가 아니었다. 얼른 고개를 숙인 부대주는 독고월을 한차례 노려보고는 자리를 떴다.

이제 이곳에 남은 인원은 혈귀를 포함한 약 백여 명.

독고월은 자신을 포위한 그들을 보면서 말했다.

"신파극으로 빠지진 않아서 마음에 드는군."

"신교천하를 이루기 위한 첫걸음이오. 애석한 감정이 드는 건 귀하를 신교로 모시지 못했다는 것뿐이오."

솔직히 혈귀는 지금도 미련이 남았다. 하지만 사내가 사내를 알아본다고, 딱 보자마자 알아차렸다. 독고월은 누군가의 밑에 있을 위인이 아니었다. 독고월을 영입하려고 했던 자신이 얼마나 한심한 생각을 했는지 깨달은 것이다.

신교란 거대한 못에 또 다른 용이 있을 자린 없었다.

그렇기에 책임을 지는 것이다. 신이나 다름없는 교주에게 허언한 것에 관한 책임을.

"흠, 내가 지금이라도 적을 둘 생각이 있다면?"

"……!"

혈귀는 제 귀를 의심케 하는 말에 순간 당황했다. 저도 모르게 혹할 정도였지만, 마주한 독고월의 눈빛을 보자 헛웃음이 절로 나왔다.

"농도 참 재미없게 하시오."

독고월은 킬킬대더니, 월광도를 겨눴다.

"불 속으로 뛰어드는 불나방들에 들을 말은 아니지. 특히 대전을 벌이고 싶어 안달 난 놈들에게 말이지."

"……."

"어째서 강호인들은 하나같이 어리석을까? 목숨을 초개처럼 여기는 걸 미덕으로 여기고 말이야. 대전에 휩쓸려갈 양민들 생각은 요만큼이라도 하느냐?"

독고월은 검지와 엄지로 간극을 만들었다. 좁쌀 하나 들어갈 만큼 아주 미세한 틈이었다.

혈귀는 자신만만하게 웃었다.

"신교천하! 그리고 언제 사자가 양의 죽음을 신경 쓰는 걸 봤소?"

"사자는 개뿔, 똥개들 영역싸움이지."

독고월의 이죽거림에 혈풍대의 기세가 사나워졌다. 아까까진 같은 무인으로서 존경의 염을 품었다면, 지금은 역시라는 생각이 들었다.

독고월은 어쩔 수 없는 정파인이다.

혈풍대가 일제히 검을 뽑았다.

차차차창!

살벌한 검 소리에 독고월이 혀를 찼다.

"요즘 들어선 말이야. 강호인만큼 이 세상에 필요없는 존재가 있을까 싶더라."

"그게 무슨 소리요?"

혈귀의 물음엔 불쾌한 느낌이 다분했다. 시신을 수습할 수 있을 때까지 기다려준 모습으로 가졌던 일말의 호의는 이미 사라졌다.

진즉 그럴 것이지.

독고월은 조소를 입가에 머금었다.

"뭐긴 똥개들 영역싸움을 막으려 했던 게 우습게 느껴졌단 말이지. 언제부터 사람 노릇을 했다고 맥없이 스러져 나갈 죽음들을 걱정했는지, 원! 안 어울리는 짓을 하면 죽을 때가 다됐다고들 하지."

독고월의 심경에 적잖은 변화가 생긴 것이다.

이를 알 리 없는 혈귀는 영문 모를 소리를 한다고 여기며 주위를 향해 눈짓했다.

이제 신교를 위해 영생을 누릴 때가 왔다.

독고월은 맹신으로 무장된 혈풍대의 눈 속에서 끝 모를 광기를 느꼈다.

"대체 내가 왜 이 잡것들을 살린다고 아등바등했는지, 원."

"잡것? 지금 잡것이라고 했소!"

혈귀의 얼굴이 대춧빛으로 물들었다. 우락부락한 얼굴이 빨개지니 악귀가 따로 없었다. 오금이 저릴 정도로 기세 또한 흉흉했다.

물론 주절거리는 독고월에겐 해당하는 이야기가 아니었다.

"그래, 이 내가 잠시 정신이라도 나갔는가보다. 세상에 다시 없을 쓸데없는 짓을 한 거지."

독고월은 말하면서 스스로 놀라는 중이었다. 가슴 속에서 피오르는 감정이 불러일으킨 혐오감이 뚜렷한 형체로 만들어지고 있었다.

지금까진 줄곧 방관자의 입장이었는데.

어떻게든 대전을 벌이고 말 놈들의 속내를 확인한 마당이다.

정사마 할 것 없이 제 이익을 위해서라면 물불을 안 가리고 썰어댈 놈들을 직접 마주하게 되니.

가슴 속에 남는 건 형언할 수 없는 감정이었다. 그게 실체화가 되어 비틀린 입술을 마저 뚫고 나왔다.

"곱게 못 죽을 줄 알아라."

"쳐라!"

더는 들을 것도 없다는 듯이 혈귀가 혈풍대에 마지막 명령을 내렸다.

3

소군의 시체를 마교 놈들에게 보내준 건 아무래도 좋아서였다.

놈들이 고마워하건 말건 독고월에겐 중요치 않았다. 그저 변덕이 죽 끓던 마음이 갈피를 잡아가고 있었다.

처음엔 화전민촌에서 만난 곽씨들을 통한 초난희의 말에 잠시 혹했지만, 용봉대전을 통해 또다시 보고만 인간군상들은 독고월로 하여금 환멸을 느끼게 했다.

설상가상으로 독고월을 어떻게든 엮어보려는 흑야의 연이어진 뒷공작들은 짜증을 불러일으켰다.

독고월이 야주와 담판을 지은 것이 계기가 되다 못해 시발점이 되었다.

-죄송해요.

허리춤의 비수로부터 넌지시 전해져오는 울림.

야주와 담판을 지은 뒤부터 초난희는 이런 울림만을 전해왔다.

147

지은 담판이 뭐냐고?

흑야가 회수했던 초난희의 시신을 인수받으면, 독고월이 야주가 원하는 대로 따라주기로 한 것이 담판의 정체였다.

야주의 얼굴을 친 손으로 만리추종향을 묻혀놨던 걸, 야주가 이미 알고 있었기에 망정이지, 안 그럼 분노한 십일야에 의해 그곳에서 뼈를 묻을 뻔했다.

어찌 됐든.

독고월이 무모한 행동을 한 건, 그녀의 구명지은에 대한 보답으로 시신이라도 찾아주기 위한 목적만이 아니었다. 단 하나의 가능성 때문이었다.

그 가능성에 관한 이야기를 들은 가해월은 코웃음을 쳤지만, 독고월은 가해월의 흔들리는 심장 고동소리를 들었다.

가능성이 아주 없진 않은 것이다. 성공 가능성 여부는 중요치 않았다. 실패한다 해도 상관없었다. 그저 초난희의 시신을 돌려받을 수만 있다면 됐다.

물론 강호를 전복시키려는 흑야의 뜻을 도우며, 무림맹과 마교를 비난하는 건 지독한 모순이었다.

해서 독고월은 한 가지 방도를 마련해줬다.

적어도 그들이 흑야에 대비해야지 않겠나.

그 방도는 이러했다. 바로 중립을 고수하던 제갈세가와

원로들을 끌어들이는 것이었다.

사라진 인의무적 남궁일의 존재.

정확히는 자신의 존재로 하여금 제갈세가와 무림맹의 원로들로 상황파악을 하게 만드는 거다.

지금쯤이면 신투 구도로부터 건네받은 서신으로 제갈세가와 원로들이 골머리를 싸매고 있을 터.

모든 일의 내막을 적은 서신과 함께 전해줬으니, 적어도 무림맹은 대비할 시간을 마련할 수 있을 것이다.

이 모든 게 가해월의 천안통 덕분이었다.

천안통으로 고도의 역용술로 만들어진 남궁일의 시체가 숨겨진 위치를 찾아, 신투 구도가 빼내온다.

그리고 무림맹에서 줄곧 중립을 유지해온 군사부인 제갈세가에는 독고월이 작성한 서신을 전한다.

군사부인 제갈세가가 알면 무림맹의 원로들이 무거운 엉덩이를 떼는 건 당연한 수순이었다.

신투 구도의 무공을 원상복귀 시켜준 독특한 내공 금제법, 그 해혈이 열쇠였으니까.

남궁일.

오직 남궁일만이 신투 구도의 내공 금제를 풀어줄 수 있음을 제갈세가가 모를 리가 없었다. 서신의 사실 여부를 가리기 위해 시간은 걸리겠지만, 신투 구도의 존재가 서신의 주인이 남궁일임을 믿는데 확신을 줄 것이다.

이 정도까지 암시를 던져줬는데, 못 미더워해 그냥 있으면 그건 그들의 운명이 거기까지란 소리였다. 흑야에게 실컷 농락당하다가 어부지리(漁父之利)까지 취하게 해주며 멸절당하는 운명 말이다.

독고월이 해줄 수 있는 건 거기까지였다. 강호의 운명을 구하는 건 성미에 맞지 않을뿐더러, 솔직히 북리천극을 비롯한 탐욕스러운 사람들의 면모를 확인한 터라, 그러고 싶지 않다는 게 맞았다.

그렇기에 초난희의 시신만 돌려받으면 강호를 등질 작정이었다. 당면한 목적은 단 하나, 일단은 초난희의 시신을 찾는다.

그 뒤엔 어딘가로 훌쩍 떠날 것이다.

깡!

들이닥친 혈풍대원의 검을 강하게 쳐낸 독고월의 월광도.

가해월의 환술로 만들어낸 독고월의 죽음은 그리하게 도와주고도 남았다.

북리천극보다 한 수위인 독고월도 당할 정도로 가해월의 환술은 대단했다. 물론, 독고월이 격장지계로 흔들어놓고, 북리천극이 화신단을 복용하는 절호의 기회가 있었기에 의심받지 않고 환술에 당하고 만 것이다.

가해월의 존재는 말 그대로 신의 한 수였다.

아마도 지금쯤이면 비무장에 제갈세가의 가주 제갈현군이 무림맹의 중진인 원로들과 함께 들이닥쳤을 듯했다. 위장된 남궁일의 시신에 꽂힌 천지검을 두고 혼란스러워하는 북리천극이 있는 곳에 말이다.

북리천극을 추궁할지 어떨지는 그들이 알아서 할 문제고.

지금 당장은 눈앞에서 자신을 통해 장렬히 산화하려는, 맹목적인 광신도들이 우선이었다.

"죽어……!"

빠악!

그중 한 명은 검을 내지르기도 전에 인중에 독고월의 발차기를 허용했다. 끔찍한 소리와 함께 단숨에 목이 꺾인 것이다.

죽고 싶어 환장한 놈들의 사정을 봐줄 정도로 독고월은 자비롭지 못했다. 거기다 어처구니없는 신념으로 무장한 광인들이었다.

퍼억!

벼락처럼 휘둘러진 월광도가 뒤에서 찌르려던 놈의 머리를 그대로 박살 냈다.

동료의 머리가 수박처럼 터져 나가도 그들은 멈추지 않았다.

"잡아!"

"발목이라도 잡으라고!"

오히려 광기로 무장해 육탄 돌격을 감행했다. 신교천하를 위해 장렬히 산화하는 건 차지하더라도, 운이 좋아 초절정 무인인 독고월에게 부상이라도 입히는 요행을 바라는 것이다.

당연히 그런 요행을 바라는 건 독고월에겐 크나큰 모욕감을 주는 것이나 진배없었다.

빠빠빡—!

폭죽 터지는 소리가 연달아 터졌다. 묵직하게 휘둘린 월광도의 궤적에 달려들던 놈들의 머리가 걸려 들은 결과다.

허연 뇌수와 피가 사방으로 흩날렸다.

끔찍하기 그지없는 광경이나, 남은 혈풍대를 위축시킬 순 없었다.

달리 마교라고 불리는 게 아니었다.

눈이 시뻘게진 그들에게서 읽히는 감정은 단 하나.

동료를 잃은 분노였다.

"죽여달라고 달려드는 놈 도와줬더니, 왜 네놈 목은 안 내주냐, 이거네? 이런 고리대금업자 뺨치는 새끼들을 봤나."

분노할 대상이 잘못됐다는 점을 짚어줬지만, 장렬히 산화하고 싶어 안달 난 이들에겐 개소리였나 보다.

"뭣들 하느냐, 쳐라!"

"같이 죽자!"

사방에서 날아드는 혈풍대의 절초들.

하나같이 동귀어진이 아닌 것이 없었다. 죽여달라고 목을 내미는 와중에도 같이 죽자는 건데.

"몰염치한 것도 정도가 있지."

독고월은 실소를 흘렸다. 마음 같아서는 육도낙월을 펼쳐 일거에 쓸어버리고 싶지만, 그건 너무나도 쉬웠다.

제삼도 망월도(望月刀).

혈풍대를 일거에 쓸어버리려면 적어도 이 정도는 펼쳐야 했는데, 거기에 쓸 내공이 아까웠다. 오늘은 좀 피곤도 했고, 그렇다고 해도 앞서 말했다시피 곱게 죽여줄 생각 따윈 없었다.

획!

독고월은 신형을 날리는 동시에 달려들던 놈의 품으로 파고들었다.

날카로운 검날이 독고월의 뺨 한 치 앞으로 스쳐 지나갔다.

경악한 놈의 눈동자가 확대되는 순간.

퍼어억!

바위보다 단단한 주먹을 놈의 미간에 꽂아넣었다. 내가 중수법을 응용한 그 한 방에 뇌가 곤죽이 된 걸 증명이라도 하듯이, 놈은 칠공으로 피를 뿜으며 허물어졌다.

153

"끄으윽!"

부르르 떨며 죽어가는 놈에 독고월의 눈빛에 만족스러움이 흘렀다.

"이야압!"

옆에 있던 혈풍대원이 독고월의 옆구리를 향해 검을 찔러넣었다. 제법 기민한 동작이었지만, 독고월의 신형은 이미 그곳에 없었다.

"커헉!"

어느새 다른 놈의 목줄을 움켜쥔 독고월이 싸늘히 읊조렸다.

"저번에도 말했지만, 허섭스레기를 상대로 시간 끄는 건 대역죄지."

물론 혈풍대원들은 들은 적이 없었다. 하지만 사형선고를 받은 것처럼 뜨거웠던 가슴이 싸늘하게 식었다.

"근데 오늘은 대역죄 좀 저질러야겠다."

독고월이 히죽 웃었다.

뿌득.

목이 그대로 꺾인 놈은 이렇다 할 반항 한 번 못하고 죽었다.

털썩.

목이 꺾인 시체를 내던진 독고월이 양손을 깎지꼈다.

"신교천하라고? 어디 한 번 이뤄봐라. 이놈이고, 저놈이고 천하가 제 거라고 외치는 꼬락서니 하고는."

"닥쳐라!"

차원이 다른 독고월의 무위에 멍하니 있던 혈풍대주 혈귀가 이어 소리쳤다.

"영원불멸, 신교천하!"

잠시나마 겁을 집어먹었던 혈풍대가 검을 치켜들며 호응했다.

"영원불멸, 신교천하!"

"영원불멸, 신교천하!"

"영원불멸, 신교천하!"

한 목소리로 연신 외쳐댄 그들의 눈이 다시 광기로 무장됐다.

샤샤샤샤샥!

혈풍대의 검이 한마음 한뜻으로 모여 일제히 날아왔다.

제 몸의 안위 따윈 돌보지 않는 동귀어진의 수들은 독고월이라도 경시할 순 없었다. 하지만 조롱은 할 수 있었다.

"하여튼 세상에서 가장 무식한 새끼들이 맹목적인 놈들이라더니."

독고월은 월광도를 휘둘렀다.

단순한 횡소천군(橫掃千軍)이었지만, 내력이 머금어진 월광도의 위력은 절대로 단순하지 않았다.

까가가가강!

날아들던 혈풍대의 검들이 일제히 튕겨져나간 것도 모자라, 박살이 나버렸다.

경악한 혈풍대가 입술을 앙다물고 독고월을 향해 몸을 날리려 했다. 이가 없으면 잇몸이라는 심정으로 한 육탄돌격이었다.

하지만.

후두두두둑!

날아들던 혈풍대원들의 상 하체가 분리되어 바닥에 떨어져 내렸다. 월광도에 실린 도기를 해소할 여력이 그들에겐 없었다.

혈귀라면 모를까.

일개 대원인 그들에겐 초절정 무인의 도기는 치명적이었다. 피해도 모자를 판에 맨몸으로 도기에 달려드는 건, 섶을 지고 불 속에 뛰어드는 것과 같았다.

"크윽!"

지켜보던 혈귀가 신음성을 흘렸다. 알면서도 당하는 거지만, 그렇다고 검진조차 펼치지 않은 게 아니었다. 혈풍대가 무작정 달려드는 것처럼 보였지만, 그들이 펼친 공격, 대형 하나하나가 진법의 정수가 담겨 있었다.

일류고수라면 말할 것도 없고, 절정고수라 해도 목을 내줬을 거고, 신교의 그 대단한 장로들도 고전을 면치 못할 게 분명했다. 한데 독고월은 신교의 장로들과 수준이 달랐다.

팔다리를 잡는 건 고사하고, 옷깃이 스치는 것조차 불가능하다니.

이건 숫제 개죽음이었다.

어마어마한 무공차이는 그들에게 좌절감을 안겨줬다. 예상 못 한 건 아니지만, 이 정도 일 줄은 몰랐다. 어느새 백에 가까웠던 숫자도 절반 가까이 줄어들었다.

일각도 채 지나지 않는데 말이다.

"왜 마음이 바뀌었느냐? 살려주랴?"

독고월의 느물거리는 음성이 그들의 귀청을 긁었다.

"일제공격!"

그 감당할 수 없는 치욕스러움에 혈귀가 외쳤고, 남은 혈풍대가 명을 따랐다.

콰콰콰콰쾅!

그들이 이끌어낼 수 있는 검기들이 독고월이 있던 자리를 미친 듯이 할퀴었다.

슈슈슈슈슈슉!

거기서 그치지 않고, 혈풍대에게 지급되는 비장의 암기인 혈접(血蝶)마저 쏘아 보냈다. 한 번 쏘아진 나비는 반드시 피를 본다 해서 혈접이라 명명 받은 것이었다.

그 수가 자그마치 오십이 넘었다.

독고월이 피할 방위 모두를 점한 정도가 아니었다. 그가 서 있던 공간 자체를 장악했다.

그들은 아무리 난다긴다하는 초절정 무인이라고 해도 이 모두를 피하는 건 불가능하다고 여겼다.

결과적으로 그건 그들의 착각임이었다.

대지가 움푹 파인 자리엔 주인 잃은 혈접들이 바닥에 박혀있을 뿐이다.

어디에도 독고월은 없었다.

"제기랄!"

혈귀는 서둘러 기감을 넓혔다. 하지만 그의 기감에 잡힐 리가 없었다. 아무리 자신이 젊은 나이에 최절정에 이른 고수라 해도, 상대는 교주와 같은 존재감을 가진 자였다.

요행을 바랄 수 있는 존재가 아니란 소리다.

수하들도 당황한 기색이 역력했다.

장렬하게 산화할 생각으로 남았지만, 이 정도의 실력 차는 그들에게 공포란 감정이 피어오르게 하였다.

"슬슬 지겹군."

사악.

짤막한 말과 함께 뜨끔한 감촉에 혈귀는 손을 들어 목을 잡았다. 질척하고 뜨거운 액체가 손을 타고 흐른다. 그 양은 순식간에 손으로 감당할 수 없을 만큼 불었다.

"으, 으!"

혈귀의 경악 어린 눈이 주위를 둘러보는 순간.

쿵.

지면이 코앞으로 다가오는 게 먼저였다. 고통을 느낄 새도 없이 희미해지는 시야 사이로 수하들이 목이 일제히 날아가는 게 보였다.

우르릉.

그리고 귀청을 먹먹하게 하는 날벼락 치는 소리를 끝으로 세상은 암흑으로 물들었다.

혈귀는 몰라도 남은 마교도들에겐 지옥 같은 악몽이 시작되는 소리였다.

第 **6** 章

第 6 章.

1

괴괴한 침묵만이 감돌던 비무장.

침묵을 깨는 목소리가 있었다.

"이게 대체 어떻게 된 것이오?"

무림맹의 군사이자 제갈세가의 가주 제갈현군의 수염이 부들거렸다. 그의 등 뒤로는 서 있던 원로들도 시체를 확인하고는 참담한 안색으로 고개를 젓고 있었다.

하지만 북리천극만큼 참담할까? 자신의 천지검에 꿰인 남궁일의 시체라니, 이 무슨 해괴망측한 일이란 말인가.

먼발치에서 시체를 발견한 남궁문희는 저도 모르게 질아 남궁민의 손을 꽉 붙들었다. 그렇지 않고서는 지금의 상황을 감내하기가 너무 어려웠다.

"고모님."

남궁민의 걱정이 어린 목소리가 아니었다면, 울부짖었을 지도 모를 일이었다. 다행히 가주로서의 체면을 잃지 않기 위해 부단히 노력했다. 짙아 남궁민에게서도 떨림이 전해지고 있었다.

이럴 때일수록 더욱 침착해야 한다.

천지검에 꿰인 시신이 죽었다는 오라버니, 남궁일의 얼굴을 하고 있다고 해도 말이다.

"부, 분명 독고월이란 청년이 맹주와 비무를 하고 있었는데."

누군가의 지독한 불신이 서린 목소리는 모두의 공통된 의문이었다.

그때였다.

원로 중 하나가 남궁일의 시체에서 멀지 않은 위치에서 무언가를 발견했다.

"……이건 인피면구 아니요?"

송곳 같은 시선들이 원로가 든 인피면구에 집중됐다. 그리고 경악 어린 탄성을 내뱉고 말았다.

그 인피면구는 조금 전까지 북리천극과 대결하던 독고월이란 청년의 얼굴이었다.

그리고 눈앞에 천지검에 꿰뚫린 시신, 남궁일의 얼굴을 보자 어찌 돌아가는 상황인지 파악되기 시작했다.

"아아아악!"

"고모님!"

남궁문희가 참았던 비명을 지르며 쓰러졌고, 남궁민이 얼른 부축했다. 그런 남궁민의 얼굴도 이미 눈물로 범벅됐다. 돌아가신 아버지를 대신해 든든한 버팀목이 되어줬던 숙부의 죽음을 도저히 받아들일 수가 없었다.

혹시나, 혹시나 했던 일이 잔혹한 현실로 눈앞에 강요당하는데.

"아아아."

"어흐흑!"

흐느끼는 남궁문희를 안은 남궁민도 같이 흐느꼈다. 남궁세가의 무사들 모두가 대성통곡을 하기 시작했다.

남궁일의 얼굴을 한 시신이 원인이었다.

북리천극 외 여덟 가주는 멍하니 서로 돌아봤다.

이건 도무지 말이 안 되는 일이었다. 분명 남궁일은 고산의 절벽에서 죽었었다.

그 시체를 모두 확인했고! 하지만 눈앞에 천지검에 꿰뚫린 남궁일의 시체는 뭐고, 독고월이란 놈의 인피면구는 뭐란 말인가!

조금 전까지 온 강호인이 봤다.

죽은 독고월 아니, 남궁일과 겨루는 모습을 말이다.

그가 펼친 무공은 남궁세가의 것은 아니었다. 그걸로 빌

미삼아 저 시체는 진짜가 아니다! 라고 말하고 싶은 마음
은 굴뚝 같았다. 하지만 그럴수록 수렁에 빠져들 것임을
노회한 이들은 알았다.

당했다.

그것도 지독하게!

북리천극과 여덟 명의 가주가 내린 결론이었다.

그러니 저 시체는 가짜여야 한다.

넋이 나간 얼굴로 있던 팽목이 서둘러 남궁일의 시체를
잡았다. 누군가 인피면구를 씌웠다고 여겼는지 남궁일의
얼굴 거죽을 벗기려고 부단히 애를 썼다.

"이, 이 무슨 해괴한 짓이요!"

원로 중 하나가 호통을 쳤다.

이미 정신이 나간 팽목은 있는 힘을 다해 얼굴 거죽을
잡아당겼다.

흑야가 심혈을 기울여 만든 작품이 고작 인피면구일 리
가 없었다. 상고(上古)의 역용술로 만들어진 탓에 시신의
내력이 없다 해도 유지가 되는 것이었다.

한 마디로 진짜 남궁일의 시체처럼 보인다.

그들도 직접 확인해보지 않았던가.

그래서 진짜라고 결론까지 내렸고.

털썩.

팽목은 그대로 주저앉았다. 잡아채려던 원로가 그 이상

한 모습의 이유를 짐작이라도 한 듯 날카롭게 노려봤다.

북리천극도 혹시나 하는 마음에 저 시체가 인피면구를 쓴 위장된 시체이길 바랐지만, 그렇지 않음에 제정신을 차릴 수가 없었다.

"……!"

그러다 불현듯 떠오른 생각!

단목경진도 마침 같은 생각을 했는지 남궁일의 시신에 서둘러 달려갔다. 그리고 남궁일 시신의 의복을 풀어헤쳤다.

"이 무슨 천인공노할 짓이란 말입니까!"

기어코 남궁민에게서 노호성이 터져 나왔다.

"자, 잠시만."

체통 머리를 잃어버린 단목경진은 말까지 더듬었다. 그 정도로 다급했던 것이다.

팍, 팍!

단목경진의 손이 다급해졌다.

의외로 제갈현군을 포함한 원로들은 가만히 있었다. 북리천극과 여덟 가주의 행동, 표정 하나하나를 놓치지 않겠다는 듯이 바라보는 중이었다.

보다 못한 남궁민이 분통을 터트리며 검병을 잡는 순간.

-부디 나를 믿고 가만히 있어주게. 무림맹 군사의 이름으로 남궁일 대협을 욕보이는 일은 없을 것이네.

이어지는 전음에 남궁민은 부르르 떨었다. 시선조차 주지 않는 제갈현군의 등을 바라봤지만, 빠르게 시선을 거뒀다.

영민한 아이다.

참고 있는 남궁민을 본 원로들의 공통된 생각이었다.

"이, 이럴 수가."

단목경진이 넋이 나간 중얼거림이 주위의 이목을 끌었다.

지켜보던 여덟 가주의 눈빛이 음울하게 가라앉았다.

시신은 곳곳에 남겨진 검상과 흔적들에 의해 엉망이 되어 있었다. 얼굴을 제외하고 시신을 엉망으로 만든 흔적들이 말해줬다. 모두 자신들이 비무장에서 독고월에게 퍼부었던 공격임을.

북북.

주저앉은 단목경진이 허둥댔다. 필사적으로 양발로 땅을 밀어댔다. 어떻게든 남궁일의 시신에서 멀어지려고 애쓰는 중이었다. 부들거리며 중얼거리기까지 했다.

"아, 아니야. 말도 안 돼. 이건 도무지 말이 안 된다고. 남궁일은 진즉 죽었다고."

이 무슨 귀신 씨나락 까먹는 소리란 말인가.

대경실색한 북리천극과 남은 가주들이 입을 막으려고 했지만.

원로들이 단목경진의 앞을 막아섰다.

저벅저벅.

제갈현군은 무림맹주 북리천극 앞에 섰다.

어찌 된 영문인지 모를 강호인들의 이목이 모두 집중된
마당이었다.

참혹하게 일그러진 북리천극을 향해 제갈현군이 말했
다.

"맹주, 당신을 남궁일 대협을 살해한 혐의로 체포할 것
이오."

"뭣이라! 감히 맹주인 나를 체포하겠단 소리요!"

북리천극이 고리눈을 떴다.

제갈현군이 싸늘한 표정을 나직이 읊조렸다.

"눈앞의 이 증거를 두고도 외면하겠다면, 갑호경계령이
떨어질게요."

"……!"

순간 북리천극이 할 말을 잃었다.

2

갑호경계령(甲號警戒令).

갑호, 을호와 같이 무림맹에서 내릴 수 있는 경계령 중
가장 첫 자리에 속하는 삼엄한 최고의 경계령이었다.

오래전 천산을 넘은 마교에 의해 딱 한 번 내려진 적이
있었다. 한데 지금 제갈현군이 그걸 내리겠다고 한다. 맹
주인 북리천극의 동의도 없이.

"그 무슨 말도 안 되는 소리요!"

북리천극이 노호성을 터트리자, 원로 중 하나가 나서서
말했다.

"맹주 아니, 그대가 잠시 잊으신 것 같은데, 전임 맹주
로부터 임명된 우리 늙은이들이 모두 동의하면 갑호경계
령을 내릴 수 있음을 잊으신 거요?"

"……!"

북리천극도 들어본 적이 있었다. 그간 용포와 태사의에
취해 잠시 잊다니, 얼굴이 절로 빨개졌다.

제갈현군은 넋이 나간 여덟 가주들에게 삼엄한 눈초리
로 쏘아봤다.

"그리고 이건 가주들에게도 해당하는 이야기요."

한 마디로 반항하면 끝장이란 소리였다.

순순히 당하기엔 이들이 지닌 세력이 너무 강대했기에
부담됐지만, 적어도 지켜보고 있는 강호인들 덕분에 경거
망동할 순 없었다.

물론 여덟 가주가 데리고 온 세가의 무인들은 반항할 가
능성도 있었다.

제갈현군이 이를 미연에 방지했다.

"무림맹의 정예들은 듣거라."

어떻게 돌아가는 상황인지 갈피를 못 잡던 무림맹의 정예들이었다.

"현 시간부로 원로부의 동의 아래 북리천극 맹주의 지위는 임시박탈됐다. 북리천극과 여덟 가주를 남궁일 대협 살해용의자로 체포할 것이다!"

"네, 네!"

무림맹의 정예들이 이내 정신을 차리고 포승줄을 꺼내 들었다.

원로들이 여덟 가주의 앞에 내려섰다.

탁탁!

순식간에 혈도를 점하는 그들의 손속은 매우 재빨랐다.

넋이 나간 여덟 가주가 이렇다 할 반항도 해보기 전에 제압된 것이다.

그제야 어찌 된 상황인지 파악한 여덟 세가의 무인들이 검병을 잡았지만.

제갈현군이 나직한 목소리로 막았다.

"이 살인용의자들과 공범이 되고 싶다면, 내 말리진 않겠네. 하지만 각오해야 할 거네. 무림맹의 갑호경계령이 떨어지는 순간, 자네들은 마교도처럼 무림맹의 공적이 되는 걸세."

"크윽!"

답답한 신음성이 터져 나왔다. 그러나 검병을 움켜쥐기만 할 뿐, 감히 원로들의 감시 아래 포박이 되어가는 가주들을 구할 생각은 하지 못했다.

북리천극은 이러지도 저러지도 못한 채 양 주먹을 쥤다 폈다 했다.

제갈현군이 그걸 보고는 싸늘하게 웃었다.

"걱정 마시오. 본 군사가 예우는 해드리겠소."

"……."

북리천극은 의외로 얌전히 굴었다. 이유는 간단했다. 암암리에 내력을 끌어올려 봤는데, 내력은 모였다 하면 흩어지길 반복했다.

"허어."

북리천극이 탄식하는 소리였다. 그제야 자신이 지독한 모략에 당했음을 깨달은 것이다.

화신단.

이 단약을 복용한 부작용이 너무나도 시기적절했다.

마치 이 상황을 예견이라도 하지 않고서는 벌일 수 없는 일이었다. 현 상황을 타개할 방법이 보이질 않았다.

촘촘한 그물에 잡힌 물고기 신세가 이러할까.

북리천극의 뇌리에 천기자가 잠시 떠올랐다. 야주란 작자가 천기자의 행방을 알려주겠다는 소리에 혹해 만난 게 이번 일의 발단이었다.

탁, 탁.

빠르게 북리천극의 혈도를 짚는 손길이 있었다. 제갈현군이 혹시나 있을 도주를 우려해 내공을 금제한 것이다.

"……."

북리천극이 그런 제갈현군을 지그시 바라봤다.

제갈현군이 수하들을 향해 명령했다.

"모시거라."

"내 발로 가겠다."

북리천극은 당연히 거부했다.

"그러시지요."

제갈현군의 코웃음에 북리천극은 고리눈을 떴다. 골방에 처박혀 있던 네가 뭘 아냐는 듯이 따졌다.

"음모다, 얼마나 지독한 음모가 서려 있는지 책상물림이나 하던 군사는 아는가? 이 일엔 시체 썩는 내보다 지독한 악취 같은 음모가 서려 있단 말이다!"

"끌끌!"

원로 중 하나가 혀를 찼다. 중증도 이런 중증이 없었다.

북리천극은 벌게진 얼굴로 연신 소리쳤다.

"너희는 모두 누군가의 꼭두각시가 되어 조종당하는 것이란 말이다! 어찌 그걸 모르느냐. 이 모든 건 누군가의 음모다. 그래, 본 맹주가 죽인 게 아니다. 이건 누군가 본 맹주를 나락으로 떨어트리기 위해서 짜놓은 음모……!"

탁.

들다 못한 제갈현군이 북리천극의 아혈을 짚었다.

"조용히 하시오."

"……"

아혈을 짚인 북리천극이 죽일 듯이 노려봤지만, 제갈현군은 심드렁하게 받았다. 그리고는 북리천극의 귀에 속삭였다.

"본인을 끌어내리기 위한 음모라고 했소? 일신의 안위만 생각하는 그대에겐 맹주의 자격이 없음은 만천하에 밝혀진 게 참으로 다행이외다. 오히려 그 음모를 꾸민 상대에게 고마워해야겠구려."

부들부들.

붉어졌던 북리천극의 안색이 이젠 창백하게 질렸다. 무림맹 군사인 제갈현군은 허언하는 법이 없었다.

곧 북리천극은 반항다운 반항 한 번 못하고, 제가 부른 무림맹의 정예들에 의해 자리를 떠나야만 했다. 포박당한 이 중엔 넋이 나간 관충도 있었다.

그들만으로 부족하다고 여겼는지 원로 넷도 따라붙었다.

나머지 여덟 가주도 뒤따라 포박되어 갔다.

조사한다고 했지만, 그들이 갈 곳은 이미 정해져 있었다.

무림맹의 뇌옥.

이제부터 그들이 머물게 될 장소였다.

제갈현군은 떠난 그의 뒷모습을 보며 중얼거렸다.

"그리고 그 음모 덕에, 무림맹은 대비할 여력이 생겼소. 그대가 그토록 질투하고 원망하던 대인 덕분에 말이요."

남궁문희를 부축하고 있던 남궁민이 놀라 두 눈을 크게 떴다. 대인이라는 말에 남궁일 대협을 떠올린 것이다.

제갈현군은 그 시선에 착잡한 표정을 지었다.

"남궁일 대협의 장례식은 무림맹에서 성대하게 치러드리고 싶지만, 남궁 가주의 상황이 여의칠 않으시니 그 문제에 대해선 차차 상의하는 게 좋겠지. 남궁민 공자가 잘 보필해주시게. 고인이 되신 남궁일 대협의 시신은 조사를 위해 어쩔 수 없이 잠시 본 맹이 모셔가야겠네."

"……알겠습니다."

남궁민이 고개를 떨어트렸다. 당장 세가로 모셔가고 싶었지만, 어쩔 수 없는 일이었다. 진상조사는 반드시 필요했다. 주위를 둘러보는 남궁민의 시선에 넋이 나간 강호용봉회의 후기지수들이 보였다.

하나같이 지독한 불신이 서린 눈빛들을 하고 있었다.

개중 아는 얼굴 몇몇은 고개를 떨어트렸다.

여덟 가주의 자제들이었다.

남궁민은 친우로 지냈던 그들에게서 시선을 뗐다. 그들

175

마저 원망할 순 없는 노릇이었다.

"하아."

모용준경이 보고 싶은 순간이었다. 어디로 갔는지 모르지만, 그가 이 충격적인 일을 알게 되면 받을 상심이 걱정되었다.

남궁민만큼은 아니더라도, 남궁일 숙부를 존경하고 따랐던 친우 아니던가.

남궁민은 남궁문희를 부축하고는 세가의 무인을 이끌었다.

그리고 제갈현군에게 잘 부탁한다는 듯이 깊숙이 고개를 숙였다.

당장에라도 숙부의 시신을 세가로 모시고 가고 싶었지만, 사안이 너무 중대했다.

대의를 따라야 할 때.

남궁문희와 남궁민을 필두로 남궁세가의 무인들은 안 떨어지는 발걸음을 억지로 뗐다.

엉망이 된 남궁일 대협의 시신을 보는 제갈현군의 얼굴색은 좋지 않았다.

지금 강호는 그가 상상할 수도 없는 거대한 폭풍의 눈 속에 들어와 있다.

머릿속에 떠오른 이 생각이 결코, 과장되지 않음을 제갈현군은 잘 알았다. 무림맹 군사의 뛰어난 머리로도 앞으로 밀어닥칠 후폭풍이 감히 가늠되질 않았다.

"대체 누군가, 자넨."

제갈현군이 나지막하게 읊조린 주체는 명확하지 않았다. 그래서 제갈현군의 입맛이 더욱 쓴가 보다. 눈앞에서 운구되고 있는 남궁일 대협이 자신들에게 서신을 보냈다고 믿을 정도로 순진하지 않은 제갈현군이다.

오히려 노회한 여우나 다름없었다.

지금은 정적을 제거했다는 것과 강호의 위기에 넘어가지만, 언제고 밝혀낼 것이다. 신투 구도가 그 열쇠가 되어 줄 것을 제갈현군은 믿어 의심치 않았다.

3

제갈현군이 말한 그 누군가인 독고월이 모습을 드러낸 곳은 모옥 밖이었다.

가해월과 모용준경, 어느새 정신을 차린 서문평이 벌떡 일어났다.

독고월이 다가오자, 코를 찌르는 강렬한 혈향이 느껴졌다.

눈썹이 절로 찌푸려질 정도다.

독고월이 든 월광도에서 피가 뚝뚝 떨어져 내리는 걸 발견한 모용준경과 서문평의 안색이 창백해졌다.

"다, 다치신 곳은 없으십니까?"

서문평의 물음에 멈춰선 독고월은 고개만 끄덕였다. 그러다 모용준경의 낯빛이 좋지 않음을 발견했다. 끔찍한 독고월의 몰골 때문이 아니었다.

돕지 못하는 자신의 처지가 원인이었다.

그 내심을 짐작했는지 독고월이 피식 웃었다. 모용준경과 달리 배려라고는 눈곱만큼도 없는 자신은 이해 못 할 심경이나 싫진 않았다. 가해월 쪽을 바라봤다.

가해월은 이미 천안통으로 낱낱이 본 터라 별말을 하지 않았다. 그저 한 쪽을 가리켰다.

"여기서 동남쪽으로 백 장 정도 가면 계곡이 나올 거야. 인적도 없고, 씻기엔 딱이야."

"그럼 갔다 오지."

독고월은 그리 말하고는 걸음을 옮겼다.

보보(步步)마다 땅바닥에 찍히는 피의 발자국.

서문평이 고개를 떨어트렸다. 그 핏자국에 섞였을 누군가 떠올라 급히 표정을 감춘 것이다.

가해월이 한숨을 내쉬었다.

"평이도 참 대책이 없구나."

"네? 무슨 말씀이세요?"

뜨끔한 서문평이 모른 척 물었지만, 가해월은 다 안다는 듯이 고개를 저었다.

"평이 널 속인 계집을 걱정……!"

가해월은 말을 멈춰야 했다. 서문평이 조막만 한 양손으로 입을 막아서였다. 혹시라도 독고월이 들을까 봐 저어한 행동이었다.

서문평이 고개를 들어 독고월이 걸어간 자리를 바라봤다.

다행히 독고월은 저만치 멀어져 있었다. 독고월의 청력을 생각하면 듣고도 남음이나, 서문평은 못 들었다고 여겼다.

"절대, 절대 절대로! 그렇지 않소. 가해월 낭자."

"……."

가해월은 서문평의 강한 부정에 코웃음이 나왔지만, '초난희 누님의 스승님'에서 '가해월 낭자'로 바뀐 호칭에 너그럽게 넘어가기로 했다.

하지만.

가해월은 곧 인상을 써야만 했다. 한숨을 내쉬며 떼진 서문평의 손바닥이 매우 더러워서였다.

"이런 퉤엣!"

황급히 침을 뱉은 가해월, 곧 게거품을 물 정도로 괴로워했다. 더러운 걸 매우 싫어한다는 듯이 가해월은 소매로 제 입을 닦으려다가 멈췄다. 이 회의무복의 소매가 더러워지는 것도 용납되지 않나 보다.

"악!"

가해월은 어찌할 바를 몰랐다. 경기를 일으키는 건 아닐까 싶을 정도였다.

"왜 그러시오!"

당황한 서문평이 황급히 다가왔다.

이러지도 저러지도 못한 가해월이 제 얼굴을 가리키며 소리쳤다.

"내 얼굴, 내 얼굴!"

"얼굴이 어쨌단 말이오?"

서문평이 얼른 양손을 뻗어 가해월의 얼굴을 이리저리 살폈다.

"아악!"

그러자 더욱 혼란에 빠진 가해월이 소리를 질렀다. 서문평의 손을 쳐내고 싶은데, 서문평이 입은 옷마저 너무나도 더러워 보였다. 대체 언제 씻은 건지 모를 더러운 땟물 자국이 가해월의 눈에 밟혔다.

그걸 알 리 없는 서문평이 가해월의 얼굴을 잡고 이리저리 살폈다.

모용준경이 멀쩡한 손을 뻗어 도와주고 싶었지만, 입은 부상으로 그럴 수가 없었다.

스스슥.

'화용에서 손을.'

목탄을 겨우 든 모용준경이 손을 놀려 만들어낸 글자.

서문평이 봐줘야 하건만, 가해월의 얼굴을 살피느라 여념이 없었다.

모용준경이 뭐라 말도 못하고, 전음을 보내고 싶은데 요동치는 내기는 이를 허락하지 않았다.

들린 가해월의 손이 부들거리며 떨렸다. 점점 그 떨림이 심각해져 갔다.

이대로라면 서문평을 때려서라도 떼어낼 기세다.

가해월이 평소 귀여워하는 서문평이었고, 얼굴을 살피는 게 걱정이란 걸 알기에 초인적인 인내심을 발휘하고 있었지만, 이마저도 곧 끝날 듯했다.

서문평의 손에 그녀의 얼굴은 거뭇한 때로 점점 엉망이 되고 있었다.

화장술이 전부인 가해월의 입장에선 자지러지고 싶은 심정이었다. 실제로 신경질적인 반응이 터져 나왔다.

"아악! 본녀 얼굴이 더러워졌잖아!"

"아!"

탄성을 흘린 서문평의 눈에 거뭇거뭇해진 가해월의 얼굴이 들어왔다. 그제야 자신의 실책을 깨닫고 서둘러 수습했다.

스스슥!

제 소매로 가해월의 얼굴을 닦아주는 것이다.

"아아악!"

가해월은 정말 까무러치고 싶었다. 그렇게나 닿고 싶지 않았던 더러운 소매로 거뭇한 때가 지워질 리 만무했다.

오히려 더 더러워졌으면 더러워졌지.

"앗, 죄송!"

서문평이 면목없다는 듯이 굴었다.

거뭇한 때가 화장술과 오묘하게 섞인 엉망이 된 가해월의 얼굴이 들어와서다.

모용준경이 손을 들어 얼굴을 가렸다.

들린 가해월의 손이 미친 듯이 떨리는 중이었다.

심상치 않은 그 떨림에 서문평이 손을 들어 뒷머리를 긁적였다.

"이것 참, 본의 아니게 가해월 낭자에게 폐를 끼쳤소."

"그럼 당장 손을 떼라고!"

가해월이 악을 써서야, 서문평도 제 실책을 깨닫고 더러운 소매를 내렸다.

마음 같아서는 일장을 날리고 싶은 가해월이었지만, 지금 중요한 건 그게 아니었다.

당장 얼굴을 씻어야 했다.

"아아악!"

한바탕 신경질적인 비명을 내지른 가해월은 서둘러 경공술을 펼쳤다.

순식간에 사라진 가해월의 뒷모습을 바라본 서문평.

"면목없습니다."

스스슥.

그러다 모용준경이 쓴 글자를 보게 되었다.

'평아, 왜 그랬어?'

"그게 고의가 아니었습니다. 그냥 가만히 제 손길을 허용하시시길래."

'그래도 그럼 안…….'

목탄으로 글을 쓰던 모용준경이 손을 멈췄다.

혹시나 싶은 것이다.

과한 생각이라고 여기고 쓴웃음을 지었는데, 서문평의 중얼거림은 그 생각에 방점을 찍어줬다.

"싫으시면 장력으로 절 밀어내시면 될 텐데 말입니다. 허공섭물도 할 줄 아시고. 처음부터 피하시면 될걸."

"……."

듣고 보니 그랬다.

기다렸다는 듯이 뛰쳐나가는 모양새도 그렇고, 서문평의 손길을 일부러 허용한 게 아닐까 싶을 정도로, 곧바로 독고월이 향한 계곡으로 떠났 아니, 날아갔다.

물론 씻기 위해서라곤 하지만, 지난 그녀의 행실로 보건대 결코, 과한 생각이 아니었다.

"……."

모용준경은 더 이상의 사고를 금했다. 그리곤 앞으로 벌어질 사달에 엷은 한숨을 내쉬었다.

서문평이 그 모습에 고개를 갸웃거렸다. 여물지 않은 사고로 앙큼하기 그지없는 여인의 사고를 이해할 순 없는 노릇이었다.

"소제도 형님이랑 같이 씻고 싶습니다."

물론 알건 아는 나이였다.

4

풍덩.

계곡 속에 한 인영이 빠져들었다. 차가운 한기가 전신을 덮쳐왔다.

계곡 물속은 제법 깊었고, 어두운 탓에 한 치 앞도 보이지 않았다. 그러나 시야 확보에 걸림돌이 될 순 없었다.

자그마치 절정고수였다.

이 정도 암흑 정도는 꿰뚫어볼 능력이 있었다.

"……"

곧 무언갈 발견한 가해월.

시무룩한 표정이 절로 지어졌다.

독고월을 발견은 했는데, 문제는 옷을 입은 채로 물속에 들어왔다는 것이었다.

"웬 멧돼지인가 했네."

조금도 당황하지 않은 목소리가 들려오자, 가해월이 수면 위로 얼굴을 빠끔히 내밀었다.

"치사해."

"뭐가?"

"그냥 다 치사하다고!"

가해월이 버럭 성을 냈다. 분한 눈초리로 독고월을 노려보는 모양새가 심상치 않았다.

누가 보면 억울한 일을 당한 사람인 줄 알겠다.

독고월은 코웃음을 쳤다.

"뭔 생각을 하고 사는지, 원."

독고월은 무시하고 헤엄치기 시작했다. 음탕한 여자가 보는 앞에서 옷을 벗고, 빨래할 순 없는 노릇이었다. 이대로 시간 좀 보내다 내력으로 옷을 말리면 될 거다.

"흥!"

가해월의 뾰족한 눈초리로 보는 게 심히 거슬렸다. 이대로 협박을 해 돌려보낼까 싶었지만, 지금은 그러고 싶지 않았다.

정확히는 그럴 기분이 아니란 게 맞을 것이다.

심경이 복잡했다.

죽고 싶어 안날 난 놈들을 모조리 죽이고 나니, 불쾌함을 넘어선 감정이 일어났다.

독고월이 살인을 즐기는 마귀도 아니고 말이다. 어쩌면 자신을 포함한 모든 것에 대한 혐오감이 맞겠다.

"쯧!"

독고월이 혀를 찼다. 코앞으로 다가온 가해월 때문이었다.

가해월은 답지 않게 걱정 어린 눈으로 바라보며 떠들어 댔다.

"너무 마음 쓰지 말지. 예전부터 마교놈들 골 때리기로 유명했거든."

"너만 할까?"

"뭐야!"

독고월의 나른한 대꾸에 가해월이 눈을 앙칼지게 떴지만, 시비를 걸기 위해 온 게 아니었다. 지금 누구보다 복잡한 심경일 독고월을 위로해주기 위해 나선 길이었다.

처음부터 끝까지 독고월이 벌인 살행을 지켜본 그녀였다.

사람 잘 죽이는 모습이 결코, 유쾌해 보일 순 없었다. 거기다 오늘 수많은 인간군상이 한 짓거리들을 떠올리면, 독고월에게 억하심정이 많은 가해월이라고 해도 손톱을 세우고 달려들 순 없는 노릇이다.

서문평에게 없는 눈치가 그녀에겐 있었으니까.

"본녀가 봤는데, 제갈현군은 맹주를 자리에서 끌어내리

는 정도에서 그칠 것 같아. 네놈이 예상한 대로지. 정적제거에 초점을 둔 거지."

가해월은 천안통으로 살핀 상황을 이야기해줬다.

독고월은 말없이 수면에 몸을 눕혔다.

밤하늘의 숱한 별들이 보인다.

야명주보다 아름다운 별들의 향연에 마음이 잠잠이 가라앉았다.

"이보라구. 본녀 말 들었어?"

가해월이 쓸데없이 말을 걸어왔다.

독고월은 쳐다보지도 않고 나른하게 대꾸했다.

"들었지."

"무슨 생각 중인데? 혼자만 좋은 생각하지 말고 본녀도 좀 끼워주지그래?"

"후후."

가해월의 맥없는 말에 독고월이 나직하게 웃었다. 누군가 옆에서 떠들어주는 게 썩 나쁜 기분이 아니어서다.

그 듣기 좋은 웃음에 가해월이 입술을 삐죽 내밀었다.

"실없이 웃긴."

첨벙첨벙.

느닷없이 가해월이 수영을 하기 시작했다. 왠지 모르게 얼굴이 화끈거리고 심장이 뛰어서다. 수영이라도 하지 않으면, 쿵쾅거리는 심장 소리가 들릴 것만 같았다.

결과적으론 쓸데없는 짓이었다.

초절정 무인의 청력을 그런 걸로 속일 순 없었다.

독고월이 밤하늘을 보던 시선을 거뒀다.

"잘까?"

"……!"

가해월이 수영하던 자세 그대로 딱딱하게 굳었다. 석상처럼 굳어지며 가라앉는 모습이 심히 우스웠다.

독고월이 유유히 다가왔다.

"왜 싫어?"

"뭐, 뭐?"

그제야 정신을 차린 가해월이 저도 모르게 물러났다.

독고월이 희미한 미소를 입가에 그렸다.

"달도 숨은 이 밤에 너와 나, 단둘이지."

"그, 그, 그, 그래서 뭐!"

"못 들은 척하긴."

킬킬 웃은 독고월이 어느새 그녀의 코앞까지 다가왔다.

쿵쾅쿵쾅.

미친 듯이 요동치는 가해월의 심장 소리에 독고월이 묘한 미소를 지었다.

"방정맞은 소리 하곤."

"시, 시끄럽다고."

"누가 할 소린지 모르겠네."

가해월이 고개를 푹 숙였다. 한 떨기의 수선화 같은 자태였다.

독고월이 손을 뻗었다.

스윽.

"⋯⋯!"

옆머리를 슬며시 넘겨주자, 가해월은 심장이 쿵! 하고 떨어져 내렸다.

이렇게 다정하게 대하는 모습이라니.

위로를 해주기 위해 왔다지만, 매몰차게 쫓겨날 걸 예상했지. 이런 말도 안 되는 상황을 예상한 건 절대로 아니었다.

거기다가 독고월은 한 술 더 떴다.

"⋯⋯저 숱한 별들 가운데 가장 아름답고 가장 빛나는 별 하나가 그만 길을 잃고 내려와, 내 앞에 있군."

"커헉!"

그리고 이런 느끼한 말을 들을 줄은 꿈에도 몰랐다. 예상을 벗어나도 한참 벗어난 것이다.

남궁일이 강호의 여인을 작업할 때 자주 쓰던 말이었다.

"미, 미, 미, 미, 미!"

가해월도 그녀들처럼 벌벌 떨었다. 문득 치민 두려움에 소스라치게 물러나며 외치는 게 다를 뿐이었다.

"미쳤어!"

"싫으면 말고."

독고월은 가볍게 고개를 끄덕이고는 서슴없이 물러났다. 다시 수영하기 시작했다.

그제야 제 실책을 깨달은 가해월이 이마를 짝 소리 나게 쳤다.

아쉬움이 물밀 듯이 밀려왔다.

하지만 이제 와서 이미 떠난 배를 보고 손 흔들어봐야 모양 빠진다.

여인의 자존심이 있지!

"새, 생각 좀 해보고!"

물론 가해월은 모양 빠지는 건 대수롭지 않게 여기는 여인이었다.

第 7 章

第 7 章.

1

초라한 모옥에 모닥불이 피어올랐다.

서문평이 불을 피웠는지, 까매진 조막만 한 얼굴에서 머리카락 타는 노릿한 냄새가 났다.

"형님, 오셨습니까?"

서문평은 씻고 온 독고월에게 쪼르르 다가갔다.

독고월이 드물게 친절하게 권했다.

"더러워서 못 봐주겠군, 씻어."

누구 말이라고 거절할까.

"아, 네! 한데 무슨 일이……."

서문평이 한쪽 구석에 쭈그리고 앉는 인영을 바라봤다.

그게 누군지는 이 자리의 모두가 알았다.

가해월이 앉자마자 훌쩍거렸다. 무언가 심한 상처를 받은 듯이 안 어울리게 그러고 있으니, 모두의 관심이 쏠리는 건 당연지사.

모용준경만이 무슨 일이 있었는지 어렴풋이 예상할 뿐이었다.

독고월은 코웃음을 쳤다.

"신경 꺼. 저러다 말겠지."

양 무릎에 고개를 파묻고 있던 가해월이 고개를 바락 들었다.

"으, 으으!"

세상에 다시 없을 억울한 일을 당한 사람의 표정이 저러할까.

모용준경은 물론, 쥐뿔도 모르는 서문평마저 그 심경을 알 것 같은 기분이었다.

독고월은 당연히 쳐다도 안 봤다.

가해월이 울먹이는 목소리로 따졌다.

"어, 어떻게 흐윽…… 어떻게 여인한테 그럴 수가 있어어, 어흐흑!"

대체 무슨 일이 있었기에 저리 상처받은 것처럼 말하는지 모를 일이다.

누가 들으면 딱 오해하고도 남았다.

모용준경마저 순간 독고월이 가해월에게 심한 짓을 한

걸로 의심할 정도였다.

서문평은 어리둥절해하다가 독고월의 눈빛에 부리나케 씻으러 떠났다. 이젠 제법 눈치가 생겼다.

모용준경도 자리를 피해야겠다고 여겼는지, 힘겹게 몸을 일으키려 했다.

가해월의 울먹임이 이를 막았다.

"본녀의 이야기 좀 들어줘어! 저놈의 자식이 본녀에게 어떤 짓을 했는지 들어달란 말이야. 어허엉!"

아, 끼고 싶지 않다.

내심과 달리 모용준경은 도로 앉았다. 이마 위에 땀이 송골송골 맺혔다. 잠시의 움직임으로 힘든 것도 있지만, 난처함이 가장 큰 원인이었다. 둘 사이에 무슨 일이 있는 듯한데, 정말 알고 싶지 않았다.

"저놈의 자식이 본녀를 농락한 게 하루 이틀이 아니라지만, 이건 너무하잖아? 어허엉, 저 대바늘로 찔러대도 피한 방울 안날 표정 좀 보라구!"

울분을 토하는 가해월의 말대로 독고월은 신경조차 쓰지 않았다. 상대를 아예 안 하는 것이다.

그러니 자연히 모용준경이 상대를 해주는 수밖에 없었다.

스스, 슥.

목탄이 떨떠름하게 놀려졌다.

'무슨 일이 있으신지요?'

가해월이 기다렸다는 듯이 모용준경에게 바짝 다가왔다.

모용준경은 퉁퉁 부은 그녀의 눈두덩이 심히 부담스러웠지만, 내색하지 않았다.

"동생, 저놈의 자식이 글쎄…… 하윽! 내 입으로 말하기가 너무 어렵네."

스스슥.

기다렸다는 목탄이 빠르게 놀려졌다.

'그럼 안 하셔도 됩니다.'

"그럴 수 없어! 저놈의 자식이 본녀에게 뭔 짓을 하는지 온 강호가 알아야 해!"

가해월이 잔뜩 흥분했다. 물론 그 대상은 모용준경이 아닌 독고월이었다.

뭘 어쩌란 건지란 심경으로 모용준경은 두 눈을 감았다.

가해월은 원독이 줄기차게 흐르는 눈으로 독고월을 노려봤다.

독고월은 꿈쩍도 하지 않았다. 물병을 들어 입안으로 흘려 넣을 뿐이었다.

"저놈의 자식이 글쎄 본녀에게 같이 질펀한 사랑이나 나누자고 해놓고, 별도 따다 주겠다며 그래놓고! 글쎄, 뭐라고 했는지 알아?"

"푸읍!"

독고월이 먹던 물을 도로 뱉고 말았다.

오역도 이런 오역이 없었다.

스스슥.

모용준경의 목탄은 힘없이 놀려졌다. 별로 궁금하지 않은 뻔한 이야기였지만, 예의는 지켜줬다. 가해월이 어서 빨리 물어주길 바라는 눈을 하고 있어서다.

'……무슨 말씀을 들으셨길래.'

"아, 글쎄! 농이었다며 됐다는 거 있지! 이게 말이 돼? 사람 죽여놓고 아 미안, 농이었는데 죽었네? 라고 하는 것과 뭐가 다르냐고!"

"……."

모용준경이 독고월을 바라봤다. 충분히 예상 가능한 일이었지만, 의외여서다. 그런 장난을 치는 사람으로 보이진 않았다.

독고월은 그답지 않게 조용히 있었다.

가해월의 얼굴이 일그러졌다.

"동생 봤어? 사내가 어떻게 저럴 수가 있지? 한 번 하자고 했으면, 끝장을 봐야지! 어떻게 도중에 농이라며 갈 수가 있느냐고? 본녀처럼 몸매 끝장나는 미인이 물에 흠뻑 젖어 있는데!"

아, 그런 쪽으로 억울한 거였군. 놀림을 당해서 억울한 게 아니고.

모용준경은 한숨을 길게 내쉬었다.

스스슥.

'……그랬군요.'

그 영혼 없는 목탄놀림에도 가해월은 앙칼지게 뜬 눈으로 독고월을 노려봤다.

"본녀처럼 이렇게 끝내주는 몸매의 미인이 물속에서 버젓이 놀고 있는데, 그냥 나가? 이건 본녀를 가지고 논 거다, 이거지! 동생, 이게 이해가 돼? 이게 말이나 되느냐고! 동생이라면 본녀를 가만 놔두지 않겠지? 그렇겠지?"

"……"

연달아 퍼붓는 가해월의 말에 모용준경은 목탄을 멈췄다. 그래도 어쩔 수 없이 고개는 끄덕여줬다. 자신이 나설 문제도 아니었고, 이 유치한 말들에 반응해주는 것에 의미도 못 느꼈다.

말문이 터진 가해월은 신이나 떠들어댔다.

"여인의 마음은 쥐뿔도 모르는 주제에, 가지고 놀 줄만 알지! 어휴, 본녀가 정말 마음이 하해와 같이 넓어서 참지. 다른 여자 같았으면 저놈의 자식은 아주 혼쭐이 나야 해. 어디 가지고 놀 게 없어서, 여인의 마음을 가지고 놀……!"

피잉!

벼락처럼 날아오는 지풍이 가해월의 마혈을 짚었다.

당연히 독고월이 쏘아낸 것이었다.

빳빳하게 굳은 가해월이 눈알만 굴렸다. 그러다 눈물을
주룩주룩 흘려대기 시작했다.

독고월은 손으로 엉덩이를 털며 일어났다.

"이 정도 들어줬으면 됐지."

스스슥.

모용준경이 목탄을 놀렸다.

'그래도 너무 하셨습니다.'

"하긴."

독고월은 순순히 인정했다. 그리고는 모용준경을 향해
물었다.

"몸은 좀 어때?"

스스슥.

'괜찮습니다.'

거짓말이나 다름없었다. 모용준경의 내상은 생각보다
컸다. 심마가 원인이었다. 만약 다른 이였다면 주화입마에
빠지고도 남았을 것이다.

독고월은 가해월의 뒷덜미를 잡아 들었다. 그리고는 모
옥 안의 침상 위에 굳어버린 그녀를 올려놓고 나왔다.

스스슥.

'좀 불쌍하신 것 같습니다. 그래도 형님을 많이 도와주
신 분인데.'

모용준경마저 가해월의 처지에 대해 동정했다.

달칵.

초옥의 문을 닫은 독고월은 피식 웃을 뿐이었다.

"그래서 안아줘라?"

스슥.

'……그건 아닙니다.'

모용준경은 허언했다고 여겼는지 더이상 목탄을 놀리지
않았다.

화르륵.

독고월은 모닥불 옆으로 가 불씨를 뒤적였다.

"아무리 못된 놈이라도 지킬 건 지켜야지."

"……"

모닥불이 쓸쓸하게 일렁였다.

2

스스슥.

모용준경이 목탄을 움직였다.

'아버님이 좀 걱정됩니다. 설화가 곁에 있어서 다행이
긴 하지만.'

"……"

독고월은 쓴웃음을 머금었다. 어째서 저런 말을 하는지
충분히 알만했다. 자신을 데리고 온 용건을 말해주길 원하

기도 했고, 북리천극에게 독고월이 죽었을 거라 여길 모용
설화의 상심을 걱정하는 것이었다.

모용준경이 모든 내막을 아는 건 아니나, 적어도 어떻게
돌아가는 상황인지는 알고는 있었다. 말할 수 없는 비밀이
있다는 것도 어렴풋이 눈치채는 중이었고.

스스슥.

목탄이 부드럽게 놀려졌다.

'전 괜찮습니다, 형님.'

모용준경이 희미한 미소를 머금었다. 말하기 곤란한 거
라면 굳이 안 해도 된다는 의미였다. 말로 표현할 수 없는
신뢰가 두 눈 그득히 담겨 있었다.

마주 보던 독고월이 자리를 털고 일어났다.

모용준경의 의아해하는 시선이 따라왔다. 독고월이 다
가와서다.

덥석.

독고월은 모용준경이 목탄을 잡고 있던 손목을 잡았다.

모용준경의 두 눈이 커졌다.

음탕한 누군가 보면 딱 오해하기 좋은 광경이나, 그럴
오해를 할 이들은 미연에 차단한 독고월이었다.

이곳엔 단둘뿐이다.

모용준경은 독고월이 어째서 손목을 잡는지 알고 있었
다. 완맥을 통해 입은 내상 정도를 확인하려는 것이다.

외상이야 시간이 지나면 치료가 될 테니 큰 문제는 아니었다. 단지 내상 때문에 회복이 더뎌질 뿐이었다.

"심마가 원인이군."

완맥을 통해 내상 정도를 확인하고 내린 결론이었다.

독고월의 말에 모용준경은 씁쓸한 미소를 지었는데, 자조마저 어려 있었다.

독고월이 손목을 놔줬다.

스슥.

모용준경은 기다렸다는 듯이 목탄을 놀렸다.

'많이 부족합니다.'

"그렇지. 이 정도의 일로 심마에 빠지다니 정말이지 한심하군."

'뭐라 할 말이 없습니다.'

스스슥.

의외로 모용준경은 시원하게 웃어 보였다. 그 짧은 순간에 저 스스로의 부족함을 빠르게 인정한 것이다. 독고월 앞에서 자존심을 내세울 필요가 없는 문제였다. 그러고 싶지도 않았고.

과거 독고월을 선의의 경쟁자로 여기던 때도 있었다. 하지만 그게 얼마나 무지한 생각이었는지 이젠 알았다.

독고월이 이룬 무위는 모용준경이 상상할 수 있는 정도를 아득히 초월했다. 질투가 날 법도 했지만, 모용준경은 그러지 않았다. 오히려 찬탄에 찬탄을 거듭했다.

먼저 앞서 나가서 길을 밝혀주는 선구자와 같달까.

동년배로 보이는 독고월이 이룩한 경지를 시기보다 존경으로 대하는 것이다.

물론 요즘은 모용준경도 독고월을 동년배로 생각하지 않았다. 탈태환골을 한 대선배가 아닐까, 어렴풋이 짐작하는 중이었다.

말투와 행동을 보면 노강호라고 하기엔 막 나가는 면도 없지 않아 있었다.

하지만.

누구보다 순수하고, 커다란 사람이었다.

깊고도 맑은 대호(大湖)를 보는 느낌이랄까.

모용준경은 독고월을 이 강호의 어느 누구보다 대단하게 봤다.

천하제일인.

이 말이 결코, 과장되지 않는다고 여겼다. 왠지 모를 친근감도 한몫했고, 북리천극에게 잠시 밀리는 모습을 보였으나…….

스슥!

생각을 멈춘 모용준경이 급히 목탄을 놀렸다.

'혹 내상을 입으신 건 아닌지요?'

무엇 때문에 저런 말을 썼는지 짐작한 독고월이었다.

"흥, 밀려주는 척했을 뿐이지. 그깟 놈에게 내 당할까 보냐."

정파의 절대자가 그깟 놈이란다.

호기를 부리는 걸로 보였지만, 모용준경은 그 말을 믿었다.

독고월이 그렇다면 그런 것이다.

어느새 독고월은 모용준경 안에서 종교적인 신념과도 같은 존재가 되었다.

스스슥.

'다행입니다. 쓸데없는 걱정이었군요.'

"아니 다행이군."

독고월이 밉살스럽게 쏘아붙였다.

애당초 말이 안 됐다. 그는 마교의 정예중 하나인 혈풍대를 한 끼 거리도 안 된다는 듯이 쓸어버리고 온 사람이다.

그런 사람이 내상을 입었다고?

말이 되질 않는다.

모용준경은 면목없다는 듯이 웃었다.

독고월은 피식 웃고는 모용준경을 향해 말했다.

"돌아앉아."

"……!"

모용준경이 왜 그러냐는 듯이 쳐다봤다. 그러다 눈치챘

다. 독고월이 자신이 입은 내상을 치료해주려고 한다는 것을 말이다.

스스슥.

모용준경이 급히 목탄을 놀렸다.

'전 괜찮습니다. 오늘 하루 너무 힘드셨을 텐데, 그러지 않아도 됩니다. 제가 입은 내상은 별거 아닙니다. 시간이 해결해줄 겁니다.'

딱!

소리 나게 이마를 얻어맞은 모용준경의 얼굴이 붉어졌다. 기분이 나빠서가 아니었다. 거짓말을 하다 들킨 어린 아이의 심정이 느껴져서다.

"어디서 고수를 속이려 들어? 내가 눈뜬장님으로 보이느냐?"

"……."

모용준경의 얼굴이 더욱 붉어졌다. 창피한 감정 때문이었다. 목탄을 힘없이 놀렸다.

스슥.

'그래도 전 괜찮습니다.'

"심마를 너무 우습게 보는군. 이대로 놔두면 네 무공은 퇴보한다. 지금까지 이룬 이 경지가 신기루였던 것처럼, 퇴보할 거란 말이지. 심마를 우습게 보지 마."

"……!"

모용준경이 화들짝 놀랐다.

독고월은 거기다 한 마디 더 덧붙였다.

"한데 퇴보하는 것도 모자라 영원히 뒤에서 머물고만 있을 것이냐? 고작 강호의 더러운 단편 한 조각을 봤다고?"

"……."

모용준경이 석상처럼 딱딱하게 굳어졌다. 독고월의 말대로 이번 일은 크게 보면 한 단면에 불과했다. 순진한 편도 아니건만, 이 정도에 심적인 충격을 받았다. 그런 자신이 너무 한심하게 느껴졌다.

"강호는 넓고 강한 미친놈들은 많다. 나처럼 말이지."

"……."

"그러니깐 강해져. 그렇지 않으면……."

독고월이 멍한 표정을 짓고 있는 모용준경을 향해 나직하게 읊조렸다.

"죽는다."

남궁일처럼 말이지.

3

탁, 탁.

독고월의 손이 빠르게 모용준경의 혈도를 짚었다.

모용준경은 이렇다 할 반항 한 번 해보지 못하고, 그 손길을 허용했다. 방심한 것보다 독고월이 자신을 해칠 리가 없다는 믿음이 저변에 깔렸었고, 내상에 의해 막힌 혈도를 뚫어주는 것이어서다.

도대체 무얼 하려는 걸까?

모용준경의 눈동자가 흔들렸다. 그 감정은 독고월의 행위보다 가진 뜻에 기인했다. 이어진 독고월의 말이 모용준경의 심장을 쿵 하고 떨어트렸다.

"지금부터 내가 말하는 무리를 머릿속에 잘 박아둬라."

"……!"

그게 의미하는 바가 뭔지 바보가 아닌 이상 알아차려야 했다. 당연히 모용준경은 바보가 아니었다.

독고월은 모용준경을 상승의 경지로 이끌려는 것이다.

모용준경이 형언할 수 없는 눈동자로 독고월을 하염없이 바라봤다.

믿기지 않아 했다.

독고월은 혀를 찼다.

"쯧쯧! 벌써부터 앞서 가긴. 경지를 넘어서는 게 쉬운 줄 아느냐? 네깟 놈이 깨달음 좀 얻었다고, 절정을 넘어서는 게 손바닥 뒤집는 것처럼 쉬우면 이 강호엔 물 반 고수 반이게?"

그러면서 집중하라는 듯이 눈알을 부라렸다.

모용준경은 떨리는 눈동자를 독고월에게서 떼지 못했다.

대체 왜 그는 자신에게 갚을 수 없는 은혜를 베푸는 거지?

모용준경은 이해할 수가 없었다.

예로부터 강호의 무공은 비인부전(非人不傳)에 제자로 들이지 않으면 가르침을 내리지 않았다. 당연하게도 모용준경은 독고월의 제자가 아니었다. 어째서 그가 이런 걸 베풀려는지 그 의도가 궁금해졌다.

독고월은 모용준경의 눈빛에서 그 마음을 읽었다.

순수하기 짝이 없는 의문이었다.

독고월도 모르겠다. 딱히 좋아서도 아니었고, 모용준경이 모용설화의 오라버니라 신경이 쓰여서 그런 것도 아니었다. 남궁일을 죽이는데 일조한 모용선을 비웃기 위해 아들 모용준경에게 마음의 빚을 지워놓으려는 것도 아니다.

그렇다면 뭘까.

"……."

답은 그조차도 '모르겠다' 였다.

그저 눈앞의 주화입마에 빠져 남은 생을 허덕일 어리석은 젊은 놈을 보자니, 아까운 마음이 들은 것도 있다.

그래.

딱 그런 정도의 감정이다.

놈이 아깝다.

이 똑바른 눈으로 이 강호를 바라보는 놈이 믿었던 정파 강호의 더러움을 보자, 주화입마에 빠진 것이 너무나도 아까웠다.

바라보는 눈이.

생각하는 마음이 너무나도 올곧고 순수했기에 받은 심적인 충격을 덜어주고 싶다. 그리고 강해지길 바랐다. 앞으로 닥칠 끔찍한 전화(戰火)로부터 살아남으면 좋겠다.

안다.

지금까지와 상반된 지독한 모순이라는 감정임을.

심한 변덕이라도 상관없었다.

적어도 이 똑바른 눈빛을 유지할 놈이 이 강호에 존재한다면, 죽어 나자빠진 한심한 남궁일 놈이 한 짓거리들이 무의미하지 않음을. 이 강호엔 이런 놈들이 더 많아야 함을 말해주고 싶었다.

그러니깐.

"난 너 같은 놈이 세상에서 제일 싫다."

"……!"

모용준경의 흔들리는 눈동자를 보면서 독고월은 입술을 뗐다.

"그러니깐 살아남아봐라."

"……."

모용준경은 무슨 소리인지 영문을 몰랐다. 그게 이유가
될 수가 없었다.

하지만 독고월은 그 이상을 말해주지 않았다. 아니, 정
확히는 그조차도 모르겠으니 말 못하는 거였다. 자신이 왜
이러는 건지, 가슴 속 깊은 곳에서부터 쓴 물이 차오르는
걸 느꼈다.

독고월은 무리를 풀어내기 시작했다.

모용준경은 조금 전 품은 복잡한 심경을 잊고, 순식간에
그가 전하는 무리에 빠져 들어갔다.

바야흐로 남궁일과 독고월이 얻은 심득, 탈태환골로 이
르게 해줬던 그 깨달음이 모용준경에게 전해지게 된 것이
다.

벌써 한 시진.

쉬이 풀어 설명해준 무리를 모두 들은 모용준경이 명상
에 들어간 시간이었다.

언제까지 계속될지는 몰랐다.

하루가 걸릴지, 달포가 걸릴지 또 아니면 일 년이 걸릴
지 말이다.

"……"

진즉 씻고 온 서문평은 한쪽 옆에서 의아한 표정으로 앉아있었다. 보송보송해진 피부와 말끔하게 빗어넘긴 머리는 서문평을 귀한 집안의 자제로 보이게 했다.

그 놀라운 변화에 독고월마저 순간 당황할 정도였다.

서문평의 외모변화는 그 정도로 극적이었다.

귀티가 나도 너무 나는 어린 귀공자가 큰 눈으로 말똥말똥 쳐다봤다. 하지만 머릿속에 찬 의문을 입 밖으로 꺼내지 않았다. 그건 서문평이 눈치가 좋아져서가 아니었다.

형님 볼 생각에 좋다고 오자마자, 독고월에게 마혈과 아혈을 제압당한 것이다.

독고월은 모용준경의 명상을 방해할 여지를 모두 없애버렸다.

서문평으로서는 굉장히 억울한 일이나, 독고월에겐 지극히도 당연한 일이었다.

모용준경에게 지금 이 순간은 굉장히 중요했다. 워낙 집중력이 뛰어난데다, 기재 중의 기재라고 해도 방해가 될만한 것은 치워두는 게 좋았다.

그 방해될만한 것.

서문평은 수만 개가 넘는 의문부호가 떠오르는 눈동자로 독고월을 바라봤다.

친절함과 거리가 먼 독고월은 설명을 해줄 리가 만무했다.

211

오히려 이 적막한 순간을 즐기기 위해 서문평의 뒷목을 잡았다.

"……!"

독고월의 손에 들린 서문평이 대롱거렸다. 큼지막한 눈동자에 수막이 어른거리기 시작했다. 설마 자신을 버리려는 건가 싶은 것이다.

이럴 거면 왜 씻고 오라는 겁니까!

라고 소리치고 싶은 서문평에겐 독고월을 향한 믿음이 부족했다. 그래서 닭똥 같은 눈물만 주룩주룩 흘렸다.

형님과 헤어지기 싫은데, 이럴 수가!

대성통곡이라도 하며 바짓가랑이를 붙잡고 싶은데 오늘따라 방정맞은 입은 열리지 않는다. 눈물 콧물만 질질 흘러내릴 뿐이다.

씻고 온 의미가 없어진 서문평을 옆구리에 낀 독고월, 초라한 모옥 안으로 데리고 들어갔다. 그리고 안에서 멀뚱거리다가, 자신을 발견하고 죽일 듯이 노려보는 가해월을 보고 쓴웃음을 지었다.

당장 이거 못 풀어, 이 새끼야!

라고 말하려는 듯이 가해월은 눈알을 부라렸다.

그제야 어느 정도 상황을 눈치챈 서문평이 가해월을 바라봤다. 평소 가해월이 어떤 취급을 받아왔는지 아는 서문평이 할 생각은 단 하나.

아, 이대로 형님이 우릴 버리고 가려는 구나.

"······!"

"······!"

이심전심이라고 마주 본 둘은 그런 생각을 할 수밖에 없었다. 평소 독고월에게 짐짝 취급을 받아온 그들이었다. 홀대받는 서로의 존재를 위안 삼아왔는데, 이렇듯 한방에 둘 다 버려지다니.

이럴 순 없다!

서문평은 세상이 끝난 것 같은 표정을 했고, 가해월은 똥 마려운 듯이 시뻘게진 얼굴을 했다. 마혈과 아혈을 풀려고 부단히 용을 쓰는 것이다.

하지만 그녀보다 훨씬 고수인 독고월이 짚은 혈도였다.

독고월이 손을 들었다.

그게 무얼 의미하는지 알아차린 가해월.

타타타타탁.

거기다 만약을 대비해 남궁일의 내공 금제법을 가하고 나가는 독고월이었다.

정떨어지게 치밀한 자식이다.

그 민첩한 손놀림의 짚은 혈자리를 안 가해월은 절망했다.

야 이놈의 자식아, 본녀 버리고 어딜 가려고! 당장 이거 못 풀어? 이거 풀면 용서해준다. 빨리 풀어! 풀으라고, 이놈의 자식아!

살벌한 눈초리로 노려봤다가.

풀어줘, 제발! 조용히 있을게 풀어줘, 풀어달라고!

애원하는 눈초리로 눈물바람까지 보여줘도.

"……."

독고월은 무표정하게 바라볼 뿐이었다. 그리고 서서히 몸을 돌려 나가려 했다.

"……!"

"……!"

송곳 같은 둘의 시선이 독고월의 등에 파바박! 꽂혔다.

참 발길 안 떨어지게 한다.

"후우."

옅은 한숨을 내쉰 독고월이 다시 등을 돌려 그들에게 다가갔다.

그 희망에 찬 눈동자들은 심히 부담스러울 정도로 초롱초롱해진다.

"……!"

서문평의 눈동자가 더할 나위 없이 커졌다. 눈꼬리가 찢어지는 건 아닌가 싶을 정도다.

스윽, 스윽.

독고월이 또다시 머리를 쓰다듬어줘서다.

경악한 서문평에 독고월은 쓴웃음을 지었다. 그 뒤로 별 말은 하지 않고, 가해월을 바라봤다.

무슨 해괴한 짓을 하려는 거냐는 듯이 노려보는 그녀다.

독고월은 핏발 선 눈으로 째려보는 가해월에게 다가갔다.

꽈악!

그리곤 멱살을 잡았다.

잡힌 멱살에 가해월은 놀랄 새도 없었다. 세상에 다시 없을 부드러운 감촉이 입술에 머물러서다. 가해월의 눈동자가 사정없이 흔들렸다. 파르르 떨리던 속눈썹, 눈꺼풀이 서서히 감겨갔다.

한참을 그러고 있자 가해월의 안색이 잘 익은 능금처럼 새빨개졌다.

독고월도 천천히 입술을 뗐다.

그녀의 귓가로 전음이 들려왔다.

—비무대에서 환술을 써준 대가지. 행여 자발 맞은 생각은 하지 않겠지? 그 정도로 순진하고 멍청하진 않을 테니 말이야.

"……!"

이런 끝까지 밉살스런 전음이라니.

가해월은 날아갈 것 같던 기분이 순식간에 나락으로 떨어지는 걸 느꼈다.

원독이 줄기차게 흐르는 그녀의 눈을 보며 독고월은 조소를 머금었다. 착각할 일은 없을 듯했다.

그들을 뒤로하고 밖으로 나온 독고월은 눈을 뜬 모용준경을 마주했다.

모용준경의 눈빛은 어두웠다.

상승의 무리를 들었는데도 그다지 큰 효과를 보지 못한 탓이다. 눈빛은 한결 깊어졌고, 심마는 어느 정도 해결됐다. 그에 반해 무위는 파격적으로 늘어나진 못했다.

모용준경은 그 이유를 어렵지 않게 짐작할 수 있었다. 자신의 수준이 상승의 무리를 따라가지 못한 것이다.

한 마디로 그 깨달음을 얻을 자격을 갖추지 못했다.

그렇기에 너무 아쉬웠다. 부족한 실력 탓에 깨달음을 제 것으로 만들지 못하다니 말이다.

돼지 목에 진주 목걸이라는 말은 이럴 때 쓰라고 있는 말이겠지.

모용준경의 흔들리는 눈빛은 자괴감으로 물들어갔다.

독고월은 피식 웃었다.

"욕심도 많지. 그럼 상승의 무리를 들었다고 금방 네 것이라도 될 줄 알았더냐? 엄마 뱃속부터 육십 평생을 무공에 매진해도 될까 말까 한 게 초절정이란 경지다. 하물며 이제 고작 반평생도 채 안 되는 시간에 한 시진 명상 좀 했다고, 초절정이란 경지를 넘봐? 이런 도둑놈 심보를 봤나."

"……!"

그제야 자신이 얼마나 큰 착각을 했는지 깨달은 모용준경이었다. 부끄러웠다.

깨달음을 제 걸로 만들지 못했지만, 가는 길목은 보지 않았는가. 한 치 앞이 안 보이는 어둠에서 이정표를 발견한 것만 해도 어디인가.

모용준경의 눈빛이 변했다.

독고월은 친절하게 덧붙여줬다.

"심득, 그 깨달음이란 건 말이지. 밥을 처먹다가도 찾아오고, 똥을 누다가도 오고, 여인과 방사를 하다가도 찾아오지. 또 생사의 갈림길에서 느닷없이 찾아오기도 하고 말이야. 그러니 급한 마음 버리고, 느긋하게 편안한 마음으로 하다가도, 치열하게 정진하다 보면 네가 바라는 경지에 오를 수 있게 됐을 때, 다시 찾아올 것이야. 그러니 못해도 이십 년은 넘게 노력해보고 억울한 마음을 가지라고."

"……"

모용준경은 새삼 각오를 다졌다. 자신이 너무 한심하게 느껴졌지만, 이제부터 자기비하는 마음속에서 버렸다. 앞으로 올라갈 계단이 너무 많았다.

갈 길이 구만리인데 벌써부터 일희일비해서야 쓰겠나.

만년한철보다 굳건한 의지가 모용준경의 심경에 자리 잡기 시작한 순간이었다.

독고월은 씨익 웃었다.

"하지만 강호엔 편법이라는 게 있지."

"……!"

느닷없는 말에 모용준경이 당황했다.

아니, 앞서 실컷 말해놓은 건 뭐란 말인가.

모용준경은 난처해했다. 그리고 그 편법이라는 게 어떤 건지 깨닫고는 눈시울을 붉히고 말았다.

"심법을 운용해라. 이 내가 도와주겠다."

독고월의 피곤한 목소리에 모용준경은 이렇다 할 반응을 보이지 못했다. 그러다 벼락같은 호통을 들어서야 힘들게 가부좌를 틀고 앉았다.

우우우웅.

모용세가의 심법을 운용하기 시작했다. 한 시진 전엔 내공운용조차 힘들어했으나, 독고월이 전해준 상승의 무리로 심마를 몰아내고, 내상을 치료한 덕분에 가능해졌다.

털썩.

독고월은 심법을 운용하는 모용준경의 등 뒤에 앉았다.

이미 모용설화의 몸속에서 최음제기운을 압살시킨 일로 모용세가의 심법 경로는 알고 있었다. 거기다 자신의 극음지기가 잘하면 사내들에게 영약보다 더 귀한 효과를 이끌어낼 수 있는 것도, 서문평을 통해 확인했다.

"어디 한번 죽어봐라."

착.

싸늘하게 미소 지은 독고월이 모용준경의 등에 장심을 대었다. 그리고 모용준경에게 무지막지한 양의 극음지기를 몰아넣기 시작했다.

순간 엄청난 고통에 신음을 입 밖으로 내려던 모용준경.

"으......!"

"다물어라. 죽고 싶지 않으면!"

독고월의 살벌한 협박에 도로 입을 다물어야 했다.

곧 어마어마한 극음지기가 기경팔맥(奇經八脈)을 따라 흐르기 시작하였다.

엄청난 한기가 단전부터 시작해 온몸으로 번져갔다.

천천히 흐르다가 점점 속도를 더해갈수록, 모용준경의 인내심은 바닥이 나기 시작했다.

내부에서 범람한 극음지기가 비바람이 몰아치며 폭풍이 몰아치듯이 날뛰는데, 어찌 감당하랴.

사지가, 혈맥이 얼어붙었다가 산산이 조각나길 수십 차례.

그 격렬한 고통은 모용준경의 인내력으로 참기엔 너무나도 컸다.

하지만 그럴 때마다 독고월의 호통이 이어졌다.

"고작 이 정도가 네놈의 한계냐? 고통에 굴복하고, 포기할 테냐!"

"......!"

모용준경은 마음을 다잡아갔지만, 이루 말할 수 없는 고통이 뇌리에서부터 발끝까지 수십 차례 관통했다.

거대한 괴물이 자신을 입안에 집어넣고, 씹어먹는 것도 이처럼 고통스럽진 않으리라. 거기다가 온몸을 얇은 칼날로 저미는 듯한 한기는 또 뭐고.

모용준경은 바람결의 사시나무처럼 벌벌 떨어댔다.

그럼에도 불구하고.

독고월은 조금도 봐주지 않았다. 다그치고, 욕하고, 어르고 달래고, 또 살기를 퍼부으며 모용준경을 사정없이 몰아붙여 댔다.

"사랑하는 동생이, 네가 연모한다는 그 아인이란 계집이 짐승보다 못한 놈들에게 능욕당하는 모습을 기어코 보고 싶다면 편하게 포기해!"

"……!"

모용준경이 악으로 깡으로 버틸 수 있게 만들었다. 이를 악물고 버티고 또 버텨냈다.

극심한 고통은 영겁과 같이 계속될 것만 같았다. 모용준경은 겁이 덜컥 났다.

이젠 무리야.

이윽고 포기할 마음이 드는 그때.

쾅쾅쾅쾅쾅쾅!

정수리에 정을 박고, 망치로 있는 힘껏 내려치는 충격이

연달아 닥쳤다.

"으아아아아아아—!"

모용준경은 끝내 비명을 내지르고 말았다. 그리고 그대로 혼절했다.

하지만 독고월은 알았다. 지금 이 순간이 가장 중요한 때란 걸, 자신의 진원진기까지 써가며 전력을 다한 것이다.

아직도 부족했다.

第 8 章

第 8 章.

1

"축융 가의 화신단, 확실히 효과가 대단하더군."

태사의에 앉은 야주 담천의 말에 시립해 있던 광야가 대답했다.

"네, 하지만 애석하게도 중간에 끼어든 가해월이란 계집의 환술 때문에 끝장을 못 본 게 걸립니다."

나머지 십야도 그 말에 동의한다는 듯이 고개를 끄덕였다.

담천이 껄껄 웃었다. 한참을 그러다가 광야를 향해 되물었다.

"아직도 믿지 못하겠는가?"

"야주님을 믿지 못하는 게 아닙니다. 단지 비망록에 쓰인 대로 너무 들어맞는 것이 좀……."

"불안하다?"

담천이 광야의 흐리는 뒷말을 이어줬다.

광야는 송구스럽다는 듯이 부복했다.

담천은 고개를 미미하게 끄덕였다. 하나부터 열까지 비망록에 쓰인 대로 풀려가는 것이 불안감을 가중시키는 건, 어찌 보면 당연했다.

"독야(毒夜), 화신단이 몇 개 정도가 남았는가?"

담천의 물음에 흉물스런 얼굴을 가진 곱사등이 노인이 한 발 나섰다. 바로 이 노인이 사야의 도움을 받아 남궁일의 시체를 위조한 인물이었다. 그 곱사등이 노인, 독야가 깊숙이 포권을 취하며 어눌한 어조로 말했다.

"여, 열 개 남았습니다."

"흐음, 그렇다면 화신단의 제조법은 어찌 됐는가?"

털썩.

독야가 얼른 무릎을 꿇었다.

"소, 속하가 미거하여 제조법을 해독하지 못하였습니다. 워낙 오래되기도 했고, 난해가기 그지없어서."

"……독술과 의술의 대가인 자네조차 해독이 힘들다? 믿기지가 않는군."

"주, 죽여주십시오."

느긋한 담천의 목소리에 독야가 벌벌 떨었다. 실패를 용서치 않는 야주의 성격을 알기 때문이었다.

담천이 인자하게 말했다.

"자네처럼 뛰어난 인물을 본좌가 어찌 소홀히 대한단 말인가. 일어나게."

"네, 네."

독야는 벌벌 떨며 일어났다.

담천은 피식 웃고는 명을 내렸다.

"사야와 자네, 둘을 제외한 구야에게 화신단을 나눠주게나."

"조, 존명."

독야는 얼른 답하고는 종종걸음으로 사라졌다. 그리고 곧 화신단이 든 목함들을 가져왔다. 그리곤 사야를 제외한 나머지 구야에게 나눠주기 시작했다.

사야의 얼굴이 참혹하게 일그러졌다. 비 전투원이라곤 하지만, 화신단이 가진 가치가 대단해서다.

남궁일.

초강자인 그의 천적이 되게 해주는 물건이었다. 비록 며칠간 힘을 못 쓴다고 해도, 그 엄청난 강자를 상대하기 쉽게 비약적으로 강하게 만들어줬다. 거기다 잠력환 같은 것보다 부작용이 적었다. 일회성이라곤 하나, 복용한 자의 잠력을 모두 소모하지 않아, 시간을 들이면 원래대로 회복 가능한 대단한 단약이겠다.

한마디로 화신단은 만약의 사태에 구명줄이 되어주고

남았다.

스스로 남궁일보다 강하다고 여기는 몇몇 강자들은 화신단까지 먹어야 함에 내심 불만스러워했지만, 감히 표출하진 못했다.

십일야 중 최강자인 광야마저 잠자코 받은 데다가, 만약의 사태를 대비할 수 있다면 좋은 게 아니겠는가.

그렇기에 광야도 별말 없이 목함을 품에 갈무리했다.

독야가 남은 목함 하나를 들어 보였다.

"이, 이 남은 건 어찌해야……."

"이리 눈치가 없어서야."

"아!"

야주 담천이 지은 인자한 미소에 독야가 얼른 품속으로 갈무리했다. 어떻게 해야 할지 감을 잡은 것이다.

"……소, 속하가 분석해서 화신단을 복원해 보이겠습니다. 믿어주십시오."

담천이 흡족하다는 듯이 껄껄거렸다.

"믿겠네. 화신단이 대업에 얼마나 중요한지는 두말할 필요가 없으니 말이네."

"지, 지당하신 말씀입니다."

독야는 심장이 얼어붙는 것 같았다. 웃고 있는 담천의 눈동자는 실패를 용납하지 않겠다는 뜻을 강하게 내포하고 있어서다.

자신의 생명은 화신단의 복원 여부로 갈리리라.

화신단 복원을 핑계로 독야는 총총걸음으로 사라졌다. 한시가 바빴다.

광야가 못 미더운지 넌지시 말했다.

"오래전 봉문 했다지만, 사천당가에 의뢰를 해보는 건 어떠신지요?"

"허허!"

담천이 세상에 다시없을 농담을 들은 것처럼 박장대소를 터트렸다. 요 근래들어 웃음이 많아진 담천이었다.

광야를 비롯한 십야는 의아해했다.

담천이 궁금해하는 수하들을 향해 말해줬다.

"그 대단하다는 사천당가를 독으로 봉문하게 만든 자가 독야라네."

"……!"

모두가 기함할 정도로 놀랐다. 이곳에 모인 인원들 중 평범하지 않은 이가 없는 덕분에, 독야를 은연중 무시하던 이들이었다.

담천을 혀를 찼다.

"독야, 일신의 무공은 가장 형편없지만, 의술과 용독술, 그리고 연단술에 관해선 최고라고 할 수 있네. 사천당가를 태반이나 몰살시킬 정도면 말 다했지 않는가?"

"옳으신 말씀입니다. 속하의 생각이 짧았습니다."

침음성을 흘린 광야의 대답에 담천이 흡족해했다.

나머지 십야도 새삼스러운 눈으로 독야가 나간 자리를 바라봤다.

그저 독 좀 다루는 흉물스런 자라 여겼는데, 그 대단하다는 사천당가를 독으로 꿇린 자라니.

"독야는 절대 모를 걸세. 본좌의 대업에 그가 얼마나 중요한 위치에 있는지."

"……."

광야의 눈빛이 가라앉았지만, 나머지 구야의 눈빛은 수긍하지 못하는 듯했다.

사야야 워낙 시샘이 많은 자니 그렇다 치더라도, 나머진 태생이 강골의 무인이었다. 독술을 쓰는 독야를 쉬이 인정하지 않았다.

단편적이나마 비망록의 내용을 알려준 광야만이 그 중요성을 인정할 뿐이었다.

"허허."

담천은 십야의 호기로운 눈빛에 흐뭇하게 웃었다.

일신의 능력만 따지면 대 문파의 문주가 죽었다 깨나도 이기기 어려운 자들이었다.

마교의 그 시건방진 놈도 이들 중 둘이면 끝장낼 수 있었다. 광야는 혼자서면 충분하고, 야주인 자신은 말할 것도 없었다.

"이제 기다리면 되겠지."

태사의에 몸을 깊게 파묻은 담천이 한 사람을 떠올렸다.

약속도 지키고, 환술의 도움을 받아 제가 빠져나갈 구멍마저 만들어낸 발칙한 그를 말이다.

하지만 그는 알까?

이조차도 비망록에 쓰인 대로 진행된 것임을.

소군이란 계집을 죽인 것도 일종의 경고였다. 네가 무얼하든 부처님 손바닥 안이라는 것을 알려주기 위한.

야주 담천은 비망록의 내용을 다시 한 번 되새기며 흐뭇한 미소를 지었다.

"은야, 먼저 가 있도록."

"존명!"

스르르.

순식간에 사라진 은야의 빈자리를 보며 담천은 태사의에서 몸을 일으켰다.

"흑야의 천하, 기대가 되는군."

2

"……"

모용준경이 정신을 차렸을 땐 많은 것이 변해있었다. 일단 몸의 변화가 가장 먼저 눈에 들어왔다. 군백과의 비무

로 부상당한 부위들은 놀랍게도 말끔히 나아있었다. 낫는
데 족히 달포는 걸릴 부상이었는데 말이다.

눈에 띄는 건 외상만이 아니었다.

부스스.

넝마가 된 옷이 바닥에 떨어지자, 새하얗지만 탄탄한 근
육이 자리 잡은 육신이 드러났다. 백옥같은 살결은 마치
아기 피부와 같았다.

"이, 이건!"

바닥에 떨어져 있는 건 옷만이 아니었다. 고약한 악취가
나는 노폐물들도 있었다. 거기다 청량한 목소리마저 흘러
나왔다. 혼절하기 전까지만 해도 성대를 다쳐 말을 할 수
가 없었던 모용준경이었다.

"……이게 대체 어찌 된 거지?"

주위를 두리번거리는 모용준경의 눈에 들어오는 건 꺼
진 모닥불뿐이었다. 어디에도 자신의 변화를 설명해줄 독
고월은 없었다.

"잠시 출타 중이신 건가?"

모용준경은 제 몸의 변화에 대해 의문보다, 독고월의 행
방을 더욱 신경 썼다. 사실 자신도 알건 알았다. 이런 극적
인 변화를 일으킬 방법이 어떤 건지.

탈태환골.

초절정이란 전설의 경지로 들어섰음을 말해주는 그게

아니고서는 설명이 안 됐다. 족히 서너 배는 확장된 듯한 단전은 물론이거니와, 전신에 넘쳐흐르는 힘과 달라진 감각이 설명해줬다.

지금 당장은 초절정 무인이라고 하기엔 수준이 떨어졌지만, 가문의 무공을 열심히 수련하면 초절정이란 말에 어울리는 수준이 될 것이다.

뛸 듯이 기쁜 건 나중 문제였다. 현재 이 자리에서 보이지 않는 독고월이 걱정되었다.

혹 무슨 문제라도 생기신 건 아닐까?

모용준경은 자신을 최상승의 경지로 이끌어준 게 독고월의 극음지기 덕분임을 잘 알았다. 온몸을 얼음장으로 만들었던 그 순도 높은 내공, 극음지기를 막대한 양을 쏟아부어 우격다짐으로 생사현관을 타동 시켜준 것이다.

그게 어떤 의미인지 모용준경이 누구보다 잘 알았다.

가족이라고 해도 베풀 수 없는 은혜였고, 사제지간이라해도 할 수 없는 희생이다.

독고월이 모용준경에게 해준 숭고한 희생은 필설로 형언할 수조차 없었다.

얼마나 많은 내공을 소모해야 타인을 초절정의 경지로이끌 수 있는 걸까?

그것도 자격이 없는 절정무인을 말이다.

어쩌면 전신전력을 쓰고도 생명이나 다름없는 귀한 선천진기, 진원진기까지 썼을지도 몰랐다.

뚝, 뚝.

모용준경의 눈에서 수막이 차오르다 못해 흘러내렸다.

"형님, 어쩌자고 제게 감당키 어려운 은혜를 베푸시는 겁니까? 형언할 수 없는 은혜를 이리 베푸신다면 저보고 어찌 감당하라는 겁니까?"

털썩.

모용준경은 그대로 무릎을 꿇었다. 독고월이 어디로 갔는지 보이지 않다는 게 말하는 바가 너무 명확해서다.

그가 말도 없이 떠났음을.

"크흑!"

모용준경은 그대로 땅에 고개를 처박고, 뜨거운 눈물을 흩뿌렸다.

한참을 울었을까.

모용준경은 마음을 추슬렀다. 고맙다는 말도 못 하고 떠나보낸 그의 빈자리가 주는 공허함은 여전했지만, 은인인 독고월이 당부했던 말이 떠올라서다.

전무후무한 음모를 은밀히 꾸고 있던 흑야의 준동.

과거 독고월은 모용설화와 함께 있을 때 말해줬었다. 무림맹의 군사 제갈현군과 원로들과 함께 흑야의 준동을 대비하라고.

왜 무림맹주가 아닌 군사에게 말하라는 뜻을 당시엔 몰랐지만, 이젠 알았다.

정파 강호의 뜻을 하나로 모을 수 있는 건 무림맹주 북리천극이 아니라, 제갈현군과 무림맹의 원로들이었다.

이 모든 상황을 예상한 듯한 그의 혜안에 새삼 감탄했다.

모용준경이 주위를 살폈다. 독고월이 떠난 뒤로 모옥에서 나간 발자국은 없었다.

그렇다는 이야기는.

벌컥.

모용준경이 모옥의 문을 열어젖혔다.

아니나 다를까.

모옥 안에는 가해월과 서문평이 부릅떠진 눈을 하고 있었다. 다행히 죽거나 다치진 않았다. 아무래도 독고월이 마혈과 아혈을 짚은 게 분명했다.

"후우, 정말 다행……."

모용준경이 한숨을 막 내쉬다가 흔들리는 눈빛을 했다. 가해월과 서문평의 눈알이 아래쪽으로 고정되어 있어서였다. 특히 가해월의 눈빛은 굉장히 노골적이었다.

생각보다 실하네.

라는 뜻이 여실히 느껴진달까.

탕!

모용준경은 급히 문을 닫았다. 그리고는 벌게진 얼굴로 '허, 참!' 만 연발했다. 자신에게 너무 급변한 상황과 혹시라도 있을 만약의 상황에 너무 신경 쓴 나머지, 몸가짐을 미쳐 신경 못썼다.

휘이이잉.

바람에 펄럭이는 옷가지는 넝마나 다름이 없었다. 폭발할 듯한 기의 폭풍에 찢겨 나간 덕분에 옷이란 기능을 상실한 지 오래였다.

그나마 다행인 건, 어떻게든 여며서 입으면 중요 부위만큼은 가릴 수 있다는 거였다.

하지만 가해월과 서문평은 이미 다 봤다.

털썩.

그게 혜성처럼 등장한 초고수 모용준경의 무릎 꿇게 한 것도 모자라, 좌절케 했다. 아무에게도 보여주지 않았던 알몸인데, 여인과 아이 앞에서 과감하게 보여줬다.

아, 이 얼마나 충격적인 일이란 말인가.

특히 가해월의 그 노골적인 시선을 떠올리면, 모용준경은 쥐구멍에라도 숨고 싶었다. 삼일 밤낮으로 이불을 걷어차고도 남았다.

이대로 안됐다.

넝마나 다름없는 옷가지로 아래만 가리는 건 도저히 모용준경이 용납할 수 없었다. 솔직히 가해월의 그 눈빛을 다시는 받고 싶지 않았다.

이제 그녀에게 어떻게 될 일은 없겠지만, 그런 음탕한 시선을 받는 건 싫은 일이었다.

휘익!

모용준경이 땅을 박차 신형을 날렸다. 저잣거리로 가서 옷이라도 사올 요량인 듯 세상 누구보다 빠르게 경공술을 펼친 것이다.

초절정의 경지에 오른 것을 증명이라도 하듯.

모용준경의 신형은 빛살처럼 쏘아졌다.

3

탁, 탁.

옷을 갈아입은 모용준경의 손이 둘의 혈도를 짚었다.

"우왁!"

다리에 힘이 풀린 서문평이 그대로 주저앉았고.

"어머!"

가해월은 은근슬쩍 양손을 뻗어 모용준경에게 안기려고 했다.

하지만 모용준경이 누군가? 독고월에 의해 초절정의 경지를 밟지 않았던가.

덥석.

모용준경의 양손이 그녀의 양 손목을 잡아챘다. 물론 밀어내는 모양새가 아니라 아주 자연스럽게 부축하는 모양새였다. 누가 봐도 고개를 끄덕일 정도로 예의와 절도가 있었다.

"……."

"……."

가해월이 모용준경을 향해 가자미 눈을 떴다.

어쭈, 이것 봐라.

이를 살짝 가는 가해월에 모용준경은 부드럽게 웃어줬다. 숙맥처럼 굴던 그에게 여유가 풍겨왔다. 그리고 압도적인 강함과 함께.

가해월의 두 눈이 크게 떠졌다. 그녀의 노회한 눈치도 그렇고, 확연히 달라진 기세를 피부로 느낀 것이다.

"달라진 건 고추만이 아니었네?"

"커헉!"

모용준경이 당황한 나머지 침음을 삼켰고, 서문평이 옆에서 포권을 취했다.

"할 말을 잃었습니다. 어른이란 거 정말 대단한 거군요. 전 아직 엄지만 한데, 준경 형은……후우."

뭘 안다고 조막만 한 고개를 절레 흔들까.

모용준경은 시뻘게진 얼굴로 헛기침했다. 다른 말로 분위기를 바꾸려고 했으나, 가해월이 흐흥 거리며 다가와 속삭였다.

"동생, 언제든지 말만 해. 내 극락을 보여줄 테니. 그 정도면 합격 아니, 장원급제네."

"저, 절대로 그런 일은 없습니다!"

모용준경이 애처롭게 소리 질렀다.

서문평은 손뼉을 쳤다.

"준경 형…… 뭔지 모르겠지만, 그 장원급제 감축드립니다."

"무슨 소리야! 장원급제 아니라는데도!"

모용준경의 항변에 서문평은 고개를 끄덕였다.

"다행히 아시는군요. 준경 형이 제법이라 해도 형님한테 아직 멀었습니다."

"……!"

뭔지 모르겠다는 서문평의 거짓말에 모용준경은 왠지 모를 상처를 받았고, 가해월은 화들짝 놀랐다. 형님이 누군지 묻지 않아도 뻔해서다. 그녀가 다급히 물어왔다.

"뭐? 그걸 평이 네가 어떻게 아는데?"

"실은 예전에 본의 아니게 훔쳐본 적이 있었습니다."

'본의 아니게'와 '훔쳐본다'는 말이 굉장히 모순됐지만, 가해월에게 중요한 건 그 모순이 아니었다.

"그러니깐 동생은 비교도 안 된다는 소리네?"

"당연하지요. 어디 비교할 데가 없어서 번데기와 비교

를 한 답니까!"

"......"

독고월을 존경해 마지않는 서문평의 악의없는 외침에 모용준경은 충격받은 얼굴을 했다. 반박하기도 그렇고, 뇌가 청순하고도 눈치 없는 어린애의 말에 일희일비하기도 그렇다. 모용준경의 자존심이 허락하지 않는 것이다.

그래도.

"흥! 그럴 줄 알았으면, 생각해본다고 하지 말걸. 아이고, 아까워라. 호박이 넝쿨째로 굴러들어왔는데, 그걸 내 발로 걷어차 버리다니!"

가해월은 아깝다는 듯이 입술을 깨물었다. 이미 앞선 것은 저 산 너머로 사라진 지 오래였다.

모용준경은 한 편으로 다행이라 여기면서, 왠지 모르게 자존심이 상했다. 마치 사내로서 싸우기도 전에 진 것 같은 기분을 들게 하였다. 하지만 여기서 길고 짧은 건 대봐야 한다는 항변하는 게, 얼마나 의미 없는 짓인지 누구보다 잘 알았다.

"......"

말 못하는 모용준경의 속만 부글부글 끓어오를 뿐이었다.

그걸 알 리 없는 서문평이 다가와 물었다.

"그런데 대단하신 형님은 어디 계십니까?"

"그래, 우릴 이런 곳에 처박아둔 그놈의 자식은 어딨어?
이 내공 금제법은 풀어줘야 할 거 아냐?"

"……."

모용준경은 답하지 않았다. 모용준경이 옹졸해서 그런
게 아니었다. 물론 그런 마음도 조금 없지 않아 있었지만,
이들에게 어떻게 설명해줘야 할지 갈피를 못 잡았다.

특히 서문평이 점점 불안해하는 모습을 보이자, 모용준
경은 슬쩍 외면했다. 역시나 사내답지 못하게, 옹졸하게
구는 게 아니었다.

독고월이 떠났다는 말을 어찌 전해야 할지 모르겠다.

서문평이 새로 사입은 모용준경의 의복 자락을 잡아당
겼다.

"혹 형님께서 떠나신 겁니까?"

제법 의젓한 목소리에 모용준경이 고개를 끄덕여줬다.

주르륵.

서문평의 큼지막한 두 눈에서 반사적으로 눈물이 흘러
내리고, 가해월이 흥분해서 날뛰었다.

"흥! 감히 본녀의 손아귀에서 벗어날 수 있을 줄 알고!
내 반드시 찾아주겠어. 본녀에겐 천안통이란 어마어마한
능력이 있으니까. 쥐새끼처럼 숨은 놈을 찾기엔 딱이지!"

"……!"

서문평과 모용준경이 동시에 놀랐다.

가해월은 흐흥! 거리며 웃고는 모용준경에게 명했다.

"자, 동생 어서 이 내공 금제법을 풀어봐. 그럼 그 쥐새 끼처럼 숨은 그놈의 자식을 찾는 건, 냄새나는 노총각 꼬 시기보다 쉬우니깐!"

"네? 하지만 전 형님이 어떻게 내공을 금제했는지 모릅 니다. 아시다시피 내공 금제법의 푸는 방법을 모르고 함부 로 풀었다간 사달이 나도 단단히 나지요."

모용준경이 고개를 가로젓자 가해월이 코웃음을 쳤다.

"것도 몰라? 남궁일의 독문 금제법이잖아? 동생도 남궁 일 그 작자에게 졸라서 배운 적이 있잖아."

"아니 그걸 어떻게 가해월 낭자가! 그 사실은 설화도 모 르는데 어떻게 알고 계시는 겁니까?"

당황한 모용준경의 말에 가해월은 내심 아차 싶었다. 눈 앞의 애송이들이 독고월의 정체에 대해 모름을 깨달은 것 이다. 그녀도 얼마 전 신투 구도에게 가한 금제법을 풀 때 꼬치꼬치 캐물었다가 안 사실이었다. 그녀의 집요함을 못 이긴 독고월이 알려준 것이다.

원래대로라면 뭘 물어도 대꾸하지 않을 싹수가 없는 놈 인데…….

"아앗!"

그제야 가해월도 독고월의 의도가 손에 잡혔다. 의뭉스 런 눈으로 바라보는 이들 중 모용준경을 굳이 이곳으로 데려온 연유가 여기에 있었다.

남궁일의 내공 금제법으로 가해월과 서문평을 억류시키고, 그걸 풀어줄 모용준경을 이곳에 남겨뒀다.

무슨 이유에서 이런 쓸데없이 귀찮은 계획을 짰났겠나?

남궁일의 시체가 발견됐음을 알게 되고, 상심에 젖을 이 둘을 포함한 여럿이 혹시라도 가질 죄책감을 덜어주기 위해서가 아니고서는 설명되질 않았다.

네 탓이 아니라며 서문평의 머리를 쓰다듬었을 때.

독고월은 이미 남궁일 이란 존재가 살아있음을 이들에게 알릴 작정이었다.

대체 왜 그런 짓을 했을까? 게다가 이 자리는 왜 떠났고?

가해월의 복잡해진 머릿속에서 생각하기 싫은 가정이 슬며시 떠올랐다. 마음이 다급했다. 머릿속에서 경종이 울린 것이다.

"설명은 나중에 해줄게. 일단 이 금제법부터 먼저 풀어, 준경 동생."

"……."

심상치 않은 가해월의 분위기에 모용준경은 얼른 고개를 끄덕였다.

처음 보는 진지한 표정을 한 가해월이 엄지손톱을 물어뜯었다.

눈치 없는 서문평마저 왠지 모를 불길함을 느낄 정도로
분위기는 심각해져 갔다.

4

－괜찮으시겠어요?

"안 괜찮으면?"

걱정 어린 울림에 독고월이 되물었다.

당연히 초난희는 대꾸하지 않았다.

먼발치에서 서서 그들을 지켜보다가 이제야 물러난 독
고월이 걸음을 옮겼다.

"천안통을 막을 방비는 확실하지? 비망록 내용도 모르
고 말이야."

－네.

"이제야 느긋하게 걷겠어."

초난희의 대답에 독고월은 만족스럽다는 듯이 굴었다.
그리고는 아무렇지 않게 걷고 또 걸었다. 도저히 천하제일
인 야주와 담판을 지으러 가는 사람처럼 보이지 않았다.

－그러지 않으면 안 되나요?

느닷없는 울림이었다.

독고월은 가당치도 않다는 듯이 비웃었다.

"이제 와서 그만두길 바랐으면 살리질 말았어야지. 귀

령수인가 뭔가도 먹이지 말고, 천구패 선배의 빌어먹을 무
공도 익히게 돕지나 말던가."

─그래도.

"갑자기 이제 와서 왜 그러는데?"

─…….

초난희는 머뭇거렸다.

독고월에겐 그것만으로 충분했다.

"뭐 아무럼 어떠냐? 양지바른 곳에 묻어주면 그만이지."

─…….

비수에서 전해지는 울림은 없었다. 말려도 듣지 않는 그
가 너무 갑갑했다.

독고월은 아무렇지 않게 굴었다. 휘파람마저 불어 젖혔
다.

답답해하는 울림이 절로 들려왔다.

─갑자기 왜 이러시는 건데요?

"사람이라면 응당 은혜를 갚아야지."

─거짓말하지 마세요! 제가 무슨 은혜를 베풀었다고 그
러는 거예요? 오히려 이용하기 위해 끌어들인 거나 다름
없는데!

"하긴, 것도 그렇지."

독고월이 순순히 수긍했다. 스스로 생각해도 궁색한 변
명이라고 여겨졌다.

초난희가 계속해서 울림을 전하었다.

─그래요, 게다가 협객질하고 싶지 않다며, 고산채 산적들에게 이유 같지 않은 이유 만들어 내며, 난리 쳤던 거 기억 안 나세요? 왜 이제 와서 손바닥 뒤집듯이 바꾼 건데요? 그리고 사람은 왜 또 그렇게 억지를 부리세요? 애에요? 그냥 어딘가로 도망가서 제 살 길 찾던지 왜……!

"억지나 부리는 애 같은 내가 안 들을 걸 뻔히 알면서도 왜 자꾸 똑같은 말 해대는데?"

─…….

초난희는 답할 울림을 찾지 못했다.

독고월은 조소를 흘렸다.

"이제 와서 도망가라고? 그럴 거면 네가 말한 대의를 위해 네 목숨은 왜 버렸는데? 난 왜 살렸고? 그냥 귀령수 먹이지 말고 뒈지게 놔뒀어야지. 대체 누가 억지를 부리는지 모를 일이네."

틀린 말은 아니었지만, 초난희는 인정할 수 없었다. 강호를 위해서도 아니고, 고작 자신의 시체를 찾아오기 위해 이런 짓을 하는 건 도저히 이해할 수가 없었다. 그래서 부단히 말렸지만, 독고월에겐 씨알도 안 먹혔다.

지금처럼 콧방귀도 안 뀐다.

초난희의 울림이 격해졌다.

─정말 빌어먹을 자식이네요!

"뭐라고!"

화가 머리끝까지 치솟은 독고월이 비수를 꺼내 들었다. 그리고 내공을 불어넣었다.

기다렸다는 듯이 초난희가 쑤욱 나왔다.

"이 계집애가 지금 너 뭐라고 했어?"

-빌어먹을 자식이라고 했어요! 당장 돌아가요! 그리고 사람들하고 연합해서 강호의 위기를 막으라고요! 왜 싫어요?

"그래 싫다, 이 계집애야!"

-그럼 당장 꺼져요! 쓸데없는 짓 하지 말고, 어딘가로 꺼져서 잘 먹고 잘 살라구요! 그깟 시답지 않은…….

초난희는 끝말을 채 맺지 못했다. 독고월의 진지한 눈빛을 마주하니 말이 나오질 않았다. 어째서 저러는지 누구 때문에 저러는지 그녀가 가장 잘 알았다.

그러니깐.

-강호를 구할 거 아니면, 그냥 좀 가요!

"그럼 내게 곽씨의 아이를 보여주지 말았어야지."

-뭐라구요?

"왜 나 같은 사람 같지 않은 놈에게 우습지도 않은 짓거리의 결과를 보여줬냐고."

새로운 삶을 영위하는 곽씨들 이야기였다.

-그건.

"그게 강호를 위해서라고?"

-.......

초난희는 그가 무슨 말을 하려는지 잘 모르겠지만, 그 마음만큼은 이해가 갔다.

"강호 따윈 아무래도 좋아. 내겐 그런 불확실한 거보다 경이로운 그 작은 생명이 더 크게 다가왔지. 그건 너무 작았으니까. 너무도 작고 애처로울 정도였지. 정말 이상한 감정이 느껴지더구나. 남궁일 그 도둑놈이 왜 그렇게 빨빨거리며 돌아다녔는지 쥐똥만큼 이해가 갈 정도였지."

독고월은 그 당시 안아봤던 곽씨의 아이를 떠올리고는 흡족하게 미소 지었다.

"나 참, 내게 그런 기분을 들게 하다니 말이야. 내게 그렇게 이상하기 짝이 없는 감정이 존재하다니 믿기지 않더라. 이건 뭐, 남궁일 안에 있을 땐 느껴보지 못했는데, 직접 안아보니 알겠더라."

-공자님, 제발.

"강호를 구하라고? 내가 왜 그 대전을 벌이지 못해 안달난 놈들을 위해 그래야 하는데? 대체 왜 그래야 하냐고? 그 작은 생명을 조금도 신경 쓰지 않는 놈들을 위해 내가 왜 그래야 하냐고?"

-그럼 화전민촌의 그들을 데리고 도망이라도 가요!

"무슨, 그랬다가 그들마저 죽게 만들라고? 넌 어찌 생각하는 게 그 모양이냐? 계약부부를 하자고 하질 않나? 그 정신 나간 가해월 고 계집애나 찾아달라고 하질 않나?"

독고월의 핀잔에 초난희는 한기 어린 눈으로 노려봤다.

"이 강호를 구하는 게, 네 시체를 찾아서 양지바른 곳에 묻어주는 것보다 더 중한 일이란 거냐?"

—그걸 말이라고 해요! 어떻게 강호를 구하는 것과 제 썩 어 없어질 시체를 찾아오는 걸 비교할……!

"내게 더 중요하다."

—뭐라구요?

"다른 뜻이 있다고 해도 날 살려주고, 내게 그런 감정을 느끼게 해준 네가 더 중요하다고."

—…….

"네 시신을 찾는 게 내겐 그깟 강호를 구하는 것보다 중 요하단 말이지."

—……왜 그래요, 정말.

초난희는 울고 싶은 심정이었다. 도저히 이해할 수가 없 었다. 아니, 이해하고 싶지 않았다. 이미 썩어빠진 시체를 찾아서 뭐 한다고, 대체 왜 자신을 위해 저리 고집을 부리 는지 알 수가 없었다.

독고월이 피식 웃었다.

"명색이 부부 아니냐? 계약부부라고 네년이 그랬잖아? 그럼 허울뿐인 남편이라 해도 그 도리는 해야지."

-날 좋아하는 것도 아니면서 왜 그래요, 정말.

　고개를 푹 숙인 초난희의 울림이 흔들렸다.

　독고월은 손을 뻗어 초난희의 머리를 매만졌다. 물론 손은 헛되이 허공만 짚었다.

　"강호? 지들이 알아서 하라고 그래. 난 내 할 일만 할 거다."

　이어진 독고월의 말에 초난희의 고개가 들려졌다.

　"이젠 내가 널 지켜주마."

第 9 章

第 9 章.

1

야주가 정한 약속장소는 독고월도 잘 아는 곳이었다.

고산채.

죽은 고산채주와 부채주였던 고웅과 막수의 근거지였다. 흑야의 하수인 노릇을 하다가 독고월에게 세력을 잃은 것도 모자라, 팽 당한 허섭스레기들이었다.

독고월이 처음으로 무공을 펼쳤던 곳인지라, 폐허가 됐을 거라 예상했는데.

인적이 있었다.

"잠깐!"

산길을 걷는 독고월의 앞을 가로막는 이들은 짐승 가죽으로 몸을 가리고, 허리춤에 박도를 찬 것이 누가 봐도 산적이었다.

"형제여, 이 형님들께서 하해와 같이 넓은 자비심을 발휘해 동생의 무거운 주머니 무게를 덜어주러 왔노라."

"……."

저벅저벅.

당연히 독고월이 멈출 리가 없었다.

"……."

"……."

놈들은 자신을 지나쳐가는 독고월을 멍하니 바라봤다.

지나가는 똥개에게도 시선 한 번 줄만 한데, 독고월은 그들을 쳐다도 안 봤다.

숫제 공기 취급이다. 아니, 공기라도 들이마시기라도 할 것이다. 그냥 없는 존재가 된 기분이었다.

이곳에 자리 잡고 난 이래로 처음 맞이하는 손님이었는데, 시작부터 꼬였다.

똥개만도 못한 취급을 당한 산적 중 하나가 헛웃음을 터트렸다.

"저 새끼가 지금 우리 대놓고 무시한 거지? 엉?"

"네, 두목. 그런 것 같습니다."

"저걸 콱! 썰어 말어? 가서 당장 잡아와! 내 앞에 무릎 꿇려놓으라고!"

두목이라 불린 주걱턱의 성질머리에 말상의 산적이 주

254

저했다.

"형님, 그 제가 말이죠. 아직 마음의 준비가 안 된 것 같은데 말이죠."

"형님? 이 자식이 일할 땐 두목이라고 부르라고 했어? 안했어?"

주걱턱이 멱살을 쥐고 흔들자, 말상의 산적은 고개를 저으며 변명했다.

"하지만 형님, 강호인이면 어떡합니까? 생긴 것도 그렇고, 분위기가 장난 아닌데 말이죠. 저흴 조금도 신경 쓰지 않는 게 불길한데."

"이 새끼가 저깟 기생오라비는 무섭고, 이 두목은 안 무서워? 카악, 퉤! 너 오늘 죽어볼래? 이곳을 토벌했다는 독고월이란 놈도 무서워서 감히 이곳에 얼씬거리지 못하게 만드는 것도 모자라, 가는 곳마다 시산혈해라 하여 참살도라 불리는 이 나 몰라? 모르냐고!"

"……"

말상의 산적은 알 턱이 없다고 생각했다.

고래고래 소리를 지르는 꼴이 마치 걸어가는 독고월이 알아주길 바라는 듯했다.

저벅저벅.

독고월은 추호도 신경 쓰지 않고 제 갈 길만 갔다. 어느새 그들과 벌어진 거리는 오 장이 넘었다.

이대로 가다간 체면은 고사하고, 똥개만도 못한 취급을 당한 채로 위신 떨어지게 쫓아가서 잡아와야 할 것 같았다.

말상의 산적은 한숨을 연거푸 내쉬었다.

"잘 알아서 하는 말이죠. 똥이 더러워서 피하지 무서워서 피합니까?"

"뭐? 그게 무슨 뜻이야?"

주걱턱의 물음에 말상의 산적은 고개를 저었다.

"오는 놈 안 막듯이 그냥 가는 놈, 붙잡지 말고 다음 상대를 기다리자는 말입니다."

"이런 쌍놈의 자식아, 그럼 우린 어떻게 먹고 살아! 너 산적질 하기 싫어? 우리가 왜 이곳에 터전을 잡았는지 벌써 잊어먹었어?"

주걱턱이 길길이 날뛰었지만, 주위에 있던 나머지 산적들은 말상의 산적에 동의하는 눈치였다. 조금 전 지나갔던 미청년에게선 심상치 않은 분위기가 흘렀다.

건들면 아작날 것 같은 느낌이랄까?

"이 쌍놈의 자식들 너희가 그러고도 산적이야! 사내답지 못한 새끼들, 다 고추 떼버려!"

주걱턱이 주위를 둘러보며 소리치자, 산적들은 하나같이 눈을 피했다.

주걱턱으로서는 기가 막히고 코가 막힐 노릇이었다.

"어이구, 내 이런 잡것들 믿고 작업하려고 했던 내가 미친놈이다! 내가 미쳐도 곱게 미쳤지. 치워 이 새끼들아!"

"어디 가시게요, 형님?"

말상의 산적이 서둘러 물었지만, 주걱턱은 살벌하게 노려봤다.

"아까 그 새끼 잡으러 간다."

뿌드득.

이까지 간 주걱턱이 그대로 신형을 날렸다. 신법이 제법 표홀한 것이 어디서 무공 한 자락 익힌 게 분명하다.

어설프게 무공을 익힌 터라 시험하고 싶어 안달이 난 상태였다.

말상의 산적이 잡아챌 새도 없었다.

"이런, 어쩌지? 송장 치르겠는데."

머리를 긁적이는 말상의 산적에 주위에 있던 산적들이 다가왔다. 그의 어깨를 짚은 산적 하나가 말했다.

"어쩌긴 두목 새로 뽑아야지, 뭐. 아까 기생오라비 놈 분위기가 대단했잖아. 선녀처럼 잘난 것이니 대단한 실력을 지니지 않았을까? 그리고 말이 나와서 말인데, 막말로 지가 주먹 좀 쓴다고 억지로 의형제 맺고 두목 한 거잖아?"

"그래도 의형인데 너무 한 거 아냐?"

"그럼 따라가던지?"

"어떻게 뽑을 건데?"

말상의 산적이 아무렇지 않게 되묻자, 그가 죽통을 꺼내 들었다.

딱 보니 제비뽑기 통이었다.

"내 언제고 이런 날이 올 것 같아 미리 만들어놨지."

선경지명이 탁월하다며 말상의 산적이 감탄했다.

나머지 산적들도 손뼉을 쳤다.

그리고 막 죽통을 흔들어 두목을 정하려는 찰나.

누군가 부리나케 내려왔다.

말상의 산적을 포함한 삼 인은 설마 했다. 정말 끌고 내려왔나 싶어 약간은 기대 어린 눈빛을 해 보였다가, 도로 실망한 눈초리를 했다.

타다다닥.

"허억, 허억!"

거친 숨을 몰아쉬면서 내려오는 이는 한 명이고, 당연하게도 주걱턱이었다.

그래도 멀쩡한 몰골로 내려온 터라 산적들은 제법 궁금해했다.

말상의 산적이 대표로 넌지시 물었다.

"형님, 어찌 된 겁니까? 그 기생오라비 끌고 내려오신다더니 왜 빈손입니까요?"

"후욱, 훅!"

고개 숙인 주걱턱은 숨을 고르며 잠시 뜸을 들였다. 그리곤 후후! 거리며 웃었다.

"새끼가, 잘못했다고 용서를 빌더라고."

"네? 정말입니까?"

말상의 산적이 제법 놀란 표정을 지었다.

주걱턱은 정면으로 향했던 몸을 옆으로 돌려 하늘을 바라봤다.

"그렇지, 그래서 다음부터 조심하라고 적당히 훈계를 해줬지. 이런 날 좋은 날에 사람 죽이기는 좀 그렇잖아? 운이 억세게도 좋은 놈이지."

"……"

뭔가 미심쩍어하는 눈초리들이었다.

주걱턱이 막 눈알을 부라리려는데.

"이것들이……!"

자박.

뒤에서 사람의 인기척이 느껴진 것이다.

주걱턱은 사색이 된 얼굴로 무릎을 꿇은 것도 모자라, 막 양손을 부여잡으며 막 용서를 구하려는 찰나.

가까스로 자발 맞은 혀를 멈출 수가 있었다. 새로 등장한 이가 아까의 그 무시무시한 기생오라비가 아니어서였다.

그럼 그렇지.

웬 볼품없는 늙은이 하나가 유유자적하게 산길을 오르고 있었다.

"하…… 하늘이 도왔군!"

원래 나오려던 '하늘을 몰라뵙습니다, 제발 살려주세요!' 대신 나온 주걱턱의 외침이었다. 마치 처음부터 하늘을 향해 기도하려고 했다는 듯이, 기도를 마치고는 아무렇지 않게 일어섰다.

산적들이 미심쩍은 눈초리로 주걱턱을 바라봤다.

주걱턱은 이마의 땀을 훔쳤다. 그래서 늙은이를 향해 호기롭게 외쳤다.

"어이, 거기 별 볼 일 없게 생긴 늙은이. 잠깐 정지!"

"……"

늙은이는 상황파악 못 하고 주위를 둘러봤다. 그리곤 자신을 부르는 거란 걸 깨닫고는 너털웃음을 터트렸다.

"본좌 말인가?"

"본좌는 개뿔! 이빨 빠진 늙은이 주제에!"

"……"

"귓구멍 잘 후비고 들어, 늙은이. 이 자비로운 어르신들께서, 하해와 같은 넓은 마음으로 빌빌대는 늙은이가 산 오르기 쉽게 도와준다 이거야. 나이가 들어 머리가 잘 안 돌아갈 테니 쉽게 설명하자면, 묵직한 돈주머니를 가볍도록 도와주겠단 이야기지."

주걱턱이 어처구니없어하는 늙은이를 향해 박도를 까닥였다.

어서 빨리 주머니 갖다 바치라는 거지.

2

오래간만에 찾은 고산채는 예전과 달라져 있었다.

시산혈해였던 참혹한 광경은 온데간데없었다.

시선을 돌리니, 멀지 않은 곳에 마련된 거대한 봉분을 발견할 수 있었다. 곧 어렵지 않게 이유를 짐작해냈다.

아까 나대던 얼뜨기들.

놈들이 정리한 듯 했다.

곳곳에 핏자국은 보였지만, 적어도 새로운 산적들이 머무는 데는 문제 없었다. 제법 강심장이긴 하나, 척 보기에 오래 못 갈 놈들이었다.

어설프게 어디서 무공 한 자락 배워온 것이 분명한 주걱턱만 봐도 알만했다. 길길이 날뛰는 게 귀찮아서 파리 쫓듯이 엉덩이를 걷어차 줬지만, 눈치가 없으면 이 강호에선 죽는 법이었다.

"생각보다 빨리 왔군. 본좌가 먼저 도착할 줄 알았는데 말이야."

독고월의 등 뒤로 들려온 나이 든 목소리의 주인.

만나기로 한 야주 담천이었다.

독고월의 코가 살짝 찡그려졌다. 미미하게나마 혈향이 느껴져서다.

고산채에 들어서고 있는 담천이 원인이었다.

뚝뚝.

피묻은 담천의 손에서 핏방울이 떨어져 내렸다. 그 피가 누구 건지는 물어볼 필요도 없었다.

독고월이 입가에 조소를 그려냈다.

"한 놈은 그렇다 치더라도 나머진 무공을 익히지도 않았는데 말이지."

"허허, 자네가 먼저 만났는가?"

담천의 유쾌한 물음에 독고월은 한숨을 내쉬었다.

"만났지."

"그랬으면 쫓아버렸어야지. 왜 그냥 놔뒀나? 애꿎은 생명들을 거두었군."

"허, 놈들이 죽은 게 내 탓이다?"

"아니 그런가? 자네가 그들을 쫓아냈으면 본좌를 만날 일은 없었겠지."

담천의 능청스러운 말에 독고월은 피식 웃었다.

"하긴 것도 그렇군. 내 탓이 맞아."

"옳은 말일……!"

"정신 나간 늙은이를 진즉 없애버릴 걸 말이야."

독고월의 이죽거림에 말문이 막힌 담천을 혀를 찼다.

"자네는 다 좋은데, 생각이 없어."

"네놈은 다 나쁜데, 머리는 더 나빠."

"허어."

담천의 안색이 무섭게 굳어졌다. 웃고 있는 듯한 눈매에 웃음기가 사라지자, 그렇게 무서울 수가 없었다. 눈만 마주쳐도 오줌을 지릴 지경이었다.

"정말이지 남궁일 자넨 불가사의하군."

담천은 손을 쓰기보다 대화를 지속해나갔다.

독고월은 의외라는 듯 쳐다봤다.

"뭐가?"

"아쉬운 건 분명 자네일 텐데 말이네. 본좌에게 이리 나오면 자네에게 이로울 게 하나 없지 않겠나? 자네가 시정잡배도 아니고 말일세."

"하긴 그렇긴 해."

"그렇지……."

"난 시정잡배보다 못한 놈이고, 넌 그런 놈보다 못한 쓰레기지."

"허허, 정말 말이 안 통하는 친구군."

"어차피 곱게 건네줄 생각도 없었으면서 생색은……."

독고월은 끝까지 이죽거렸다. 원래 성격도 그랬지만, 처음부터 담천을 좋게 대해줄 생각은 쥐꼬리만큼도 없었다.

자신은 적과 담소를 나눌 정도로 교양이 넘치는 이도 아니
었다.

"……쓸데없는 소리 작작하고, 약속한 건?"

"……."

담천의 인내심도 슬슬 바닥이 나기 시작했다. 천둥벌거
숭이보다 더한 놈을 봐주는 데도 한계가 있었다. 하물며
이제 그 쓸모를 다했다.

사실 담천은 그를 회유할 심산이었다. 정파인들에게 그
런 취급을 당한 심정을 십분 이용해서 놈이 원하는 걸 들
어준다. 그래도 안 된다면 압도적인 무위로 굴복시켜서 십
이야로 살지 아니면 죽을지 결정하게 하려는 것이다.

이 자리에 홀로 나타난 것도, 수하를 시켜 술상을 미리
봐둔 것도 다 그런 뜻에 기인해서다.

한데 놈은 그럴 여지를 주지 않을뿐더러, 아주 담천을
어떻게든 도발하려고 안달이 난 것처럼 굴었다.

"따라오게나."

담천은 그래도 이번이 마지막이라는 심정으로 포기하지
않았다. 만약 이번에도 안된다면 그땐 정말 마지막이 될
것이다.

독고월은 말없이 담천의 뒤를 따랐다.

고산채에 고웅이 머물었던 처소가 보였다. 저곳이 담천
이 말한 장소인가 보다.

끼익.

담천이 담대하게 등을 보이며 들어섰다.

독고월도 따라 들어가자, 향긋한 주향이 반겨줬다. 인상이 절로 일그러트려 졌다.

"이건 또 뭐야?"

"자네와 한잔하고 싶어서 준비한 거네."

"……"

아까 만났던 산적들은 뭔가 싶은 독고월의 관심을 담천이 끌었다.

"은야."

"네."

늘씬한 체형의 여인이 모습을 드러냈다. 한데 전처럼 야의와 복면을 쓰지 않았다. 화려한 궁장을 입으니 천상의 선녀가 따로 없었다.

담천이 독고월의 의문을 대신 물어줬다.

"선객들이 있더군."

"……제 불찰입니다. 겁을 줘서 쫓아냈는데 설마 아직까지 근처에 있을 줄은 몰랐습니다. 부디 용서를."

은야가 다소곳한 자태로 사죄를 올렸다.

"아니네. 여흥으로 괜찮았네."

담천은 크게 신경 쓰지 않는 듯이 손사래를 쳤다. 그리고는 은야가 마련한 술상에 앉았다.

절세미인인 은야가 농염한 자태로 담천의 술잔을 채워 줬다. 그리고는 담천의 손에 묻은 피를 정성스레 닦아냈다. 피로 물든 무명천을 치우고는 반대쪽을 가리켰다.

"앉으시지요."

"……."

독고월은 일단은 따라줬다. 무슨 속셈인지 훤히 보이나, 초난희의 시신은 돌려받아야 했다. 만약 그 문제가 아니었다면, 진즉 아주 담천에게 죽자고 덤벼들었을 것이다.

털썩.

독고월이 자리에 앉자마자 은야가 기다렸다는 듯이 술잔을 채워줬다.

복면에 가려진 자신의 외모가 이리도 뛰어날 줄은 몰랐을 것이다. 자부심 그득한 표정의 은야가 배시시 웃었다.

"저보고 홀로 찾아오라고 했을 때, 찾아갈까 말까 얼마나 망설였는지 몰라요."

"……."

독고월은 대답 대신 은야를 바라봤다.

그녀는 부끄럽다는 듯이 고개를 살짝 숙였다.

담천이 무릎을 탁 쳤다.

"허허, 그러고 보니 남궁일 자네도 성혼하지 않았다지? 어쩌면 둘이 잘 어울리는 한 쌍이 될 텐데 말이야. 은야도 이리 잘생기고 강한 사내라면 두말할 것도 없겠고, 자네도 사내라면 이런 천하제일미인을 마다치 않겠지. 어떤가?"

"어떻긴, 웃기지."

적막은 한순간에 찾아왔다. 공기가 자연히 무거워졌다.

독고월은 아무렇지 않게 술잔을 비워냈다.

촤악!

당연히 마신 것이 아니었다.

은야의 면전을 향해 흩뿌린 것이다.

3

휙.

은야는 가볍게 피해냈다.

분기탱천한 그녀의 옥용을 보며 독고월은 가볍게 혀를 찼다.

"아깝군. 천하제일미인이 술에 젖는 요염한 모습을 기대했는데 말이지."

"……장난이 지나치군요."

은야의 부릅뜬 눈엔 살기마저 어렸다. 담천 앞이었기에 망정이지, 만약 없었다면 술잔을 뿌리는 동시에 살수를 가했을 것이다.

탁.

독고월은 잔을 내려놓으며 말했다.

"장난이 지나친 게 누군지 모르겠어. 쓸데없는 짓거리들은 이쯤하고, 약속한 대로 가지고 오기나 해. 아니면 술맛 돋구게 옷이라도 벗던지? 그럼 내 술 한 잔은 마셔주지."

그 능글맞은 표정에 은야의 얼굴이 수치심으로 물들었다. 저번에도 이런 취급을 당한 그녀였다. 또 참기엔 인내심이 깊지 않은 그녀였다. 아니, 여인이라면 분기탱천하고도 남았다.

"이……!"

"벗게나."

순간 은야는 제 귀를 의심했지만, 야주의 명령은 절대적이었다. 가녀린 신형이 파르르 떨렸다.

독고월이 정말이냐는 눈빛으로 담천을 바라봤다.

담천은 두 번 말하지 않았다. 그저 묵묵한 시선으로 독고월을 마주 볼 뿐이었다.

사르륵.

풍만한 나신을 가리던 옷가지가 땅에 떨어지는 소리.

사내의 심장을 찌르르 울리고도 남았다.

물론 눈앞의 두 인물에겐 아니었다.

팔락.

은야가 젖가리개마저 끌러 내리고, 앙증맞은 속곳의 끈마저 풀었는데도 두 인물은 시선조차 주지 않았다.

육감적인 나신이 그들의 눈앞에서 존재를 자랑하고 있는데도.

독고월이 담천을 향해 냉소를 흘렸다.

"뭐하는 짓이지?"

"자네가 말하지 않았는가? 벗으면 술 한 잔 마시겠다고 말이야."

"정말 노망이라도 났나?"

"약속한 건 지켜야지 않겠나."

담천을 여유롭게 말하며 술잔을 들어 보였다.

은야가 수치심이 인 옥용으로 다가왔다.

자박자박.

그 옥보(玉步) 소리만이 사내의 시선을 잡아끄는 게 아니었다.

농염한 나신이 눈앞에 다가왔음에도 독고월은 보지도 않았다.

은야는 끝 모를 수치심을 느끼며 입술을 피가 나도록 깨물었다. 그리고는 담천의 술잔을 채워줬다.

"자, 약속대로 마시게나."

담천이 권했지만, 독고월은 잔을 들지 않았다.

"약속을 지키지 않는다면, 더이상 자리를 지속할 필요가 없겠지. 은야, 박살내도록."

"존명."

막 은야가 답하고, 떠나려는 찰나였다.

무슨 짓을 할지는 그녀의 원독 어린 눈만 봐도 충분히 알만했다.

독고월은 피식 웃고는 잔을 들었다.

쭈욱, 탁.

빈 잔을 내려놨다. 이번엔 목젖을 타고 넘어갔다. 적어도 지금 이 순간만큼은 독고월이 주도권을 잡을 수가 없음을 인정한 것이다.

담천이 흐뭇하게 웃고는 제 잔을 비워냈다.

"다시 앉게나. 흥겨운 술자리에 사내라면 가장 반길 안주가 빠져야 쓰겠나."

"존명."

은야는 담천의 말에 고개를 숙이고는 독고월의 옆에 바짝 붙어앉았다. 파르르 떨리는 속눈썹이 무척 고혹적으로 보였다. 거기다 농염한 몸매는 철석간장의 사내라도 흔들리게 하고도 남았다.

독고월에겐 아니었나 보다. 은야에게 조금의 시선도 주지 않았다.

담천이 넌지시 물어왔다.

"한 잔 더하겠나?"

"……."

뭐하는 수작이냐고 물을 필요도 없었다. 담천은 어떤 이유를 대서라도 마시게 할 것이다. 초난희의 시신을 미끼로.

그렇다고 상대에게 끌려다닐 순 없는 노릇이었다.

독고월은 잔을 들어 내밀었다.

은야는 제 앞에 놓인 잔에 술병을 기울였다. 참을 수 없는 모멸감을 감추는 그녀의 귓가로 의외의 말이 들려왔다.

"못 봐주겠군. 옷이나 입지."

"뭐라구요?"

"그럼 한 잔 더 마셔주지."

"……!"

은야는 토끼처럼 놀란 눈을 했고, 담천은 껄껄거리며 웃었다. 그리고는 고개를 끄덕여줬다.

은야는 명이 떨어지자 다시 의복을 갖춰 입기 시작했다. 의복 입는 속도가 어찌나 빠른지 양손이 보이지 않을 정도였다. 웃기게도 독고월에게 약간이나마 고마움을 느낀 은야다. 그를 슬쩍 바라봤지만.

"……."

독고월의 시선은 줄곧 담천을 향해 있었다. 그게 못내 여인의 자존심을 상하게 하였다.

쭉.

단번에 술을 넘긴 독고월이 탁 소리 나게 잔을 내려놨다.

"장난은 이쯤하고, 뭔 생각으로 내게 이러는 건지나 말해. 슬슬 지루해지니깐."

"본좌 밑으로 들어오게."

"하하!"

독고월이 박장대소를 터트렸다.

왜 어울리지도 않는 인내심을 발휘하는가 했더니, 고작 이런 이유였다니.

호방한 웃음을 터트리는 독고월을 은야는 묘한 시선으로 바라봤다. 가뜩이나 끝내주게 잘생긴 사내인데다, 야주 담천을 앞에 두고도 조금의 위축도 없었다. 오히려 시건방지게 구는 모습이 너무나 신선하다 못해 충격적이었다.

야주 담천이 누구던가. 마교주는 물론이거니와 천하의 그 대단하던 고수들을 발톱의 때만큼도 여기지 않는 이 아니던가.

그 어마어마한 고수들로 이루어진 십일야가 충성을 바치는, 능히 천하를 오시하고도 남는 절대강자였다. 실제로도 오시하고 있고 말이다.

한데 그런 이를 앞에 두고도 독고월은 당당한 걸 넘어서, 정말 시건방졌다.

"이 내게 갖은 모욕을 당하고도 수하로 끌어들이고 말겠다?"

"그렇다네."

"노친네가 정말 노망이라도 났나?"

독고월은 고개를 가로저으며 은야 앞에 술잔을 내밀었다.

놈의 불경한 언사는 수하이나 제삼자인 은야마저 화가 날 정도였다.

분통을 터트림이 당연한데, 어째서인지 야주 담천은 그러질 않았다.

만약 광야가 이 자리에 있었다면 화병에 뒤로 넘어가며 게거품을 물었을 것이다.

쪼르륵.

다행히도 이 자리엔 은야가 있었다. 은야는 내민 술잔을 채워줬다. 옷을 입게 해준 대가라고 자신을 세뇌하면서.

"몸매처럼 착하네."

물론 독고월의 이죽거림에 열불이 났지만 말이다.

담천은 껄껄 웃었다.

"아쉬우면 말하게나. 믿을지 모르겠지만, 은야는 사내의 손을 한 번도 탄 적이 없는 순결한 여인이라네. 자네가 원한다면 얼마든지 취할 수 있는 꽃이고."

"호오."

독고월이 놀랍다는 듯이 바라보자, 은야의 얼굴이 잘 익은 능금처럼 새빨개져 있었다. 부끄러워서가 아니었다. 치미는 모멸감이 이유였다.

감히 누구 말이라고 거절할까.

하지만 놈은.

"필요 없어."

"뭐야? 대체 왜!"

독고월의 너무도 빠른 거절에 기어코 화를 터트리고 만
건 은야였다.

담천은 나직하게 혀를 찼고, 은야는 얼른 부복했다. 제
실책을 깨닫고 처분을 기다리는 것이었다.

독고월이 그 부복한 은야를 보고는 이죽거렸다.

"그러니까 나보고 저렇게 죽여주십시오 하고 엎드리라
는 거잖아?"

"그렇다네."

"내가 대가리에 벼락 맞지 않고서야, 추악한 노괴의 발
바닥이나 핥아줄 리가 없지."

독고월이 조롱하자, 기어코 야주가 든 잔이 퍼석! 소리
와 함께 박살 났다.

"노괴라, 정말 본좌의 인내심을 바닥나게 하는 놈이로
구나."

"진즉 그렇게 나올 것이지. 안 어울리게 구는 걸 보는 게
여간 눈꼴 시린 게 아니었다고."

상황은 당연하다는 듯이 악화일로로 치달았다.

4

일촉즉발의 상황.

은야는 엎드린 채 불안한지 눈동자를 좌우로 굴렸다. 그리고는 이어진 전음에 신형을 날렸다.

순간 독고월의 눈빛에 이채가 흘렀다. 막 은야에게 출수하려는 찰나.

"걱정 말도록, 본좌는 한 번 내뱉은 약속은 지킨다."

으르렁거리는 담천의 목소리였다. 자존심을 크나큰 상처 입은 거대한 야수가 눈앞에 있었다.

독고월은 그 거대 야수를 마주함에 추호의 두려움도 없었다.

"그렇게 약속 잘 지키시는 분께서 아까 왜 박살내라고 지시했는지 몰라?"

오히려 도전적인 시선으로 바라봤다.

야주 담천은 속으로 적잖이 감탄했다.

이런 천성적으로 삐뚤어진 반골기질이라니, 역시 난 놈은 난 놈이었다.

"마지막으로 한 번만 더 묻겠다."

"……."

"본좌 밑으로 들어와라. 네놈이 만든 결원, 네가 채우도록."

"……."

이번엔 독고월이 침묵을 택했다.

무언가 생각하는 모양새에 야주 담천은 혹시나 싶었다. 그러나 이어진 말은 역시나였다.

숙고 끝에 내린 독고월의 결론은 담천의 가슴을 서늘하게 했다.

"이제야 좀 알 것 같군. 어째서 노괴가 왜 그렇게 날 끌어들이려고 하는지 말이야."

"뭐라?"

"왜 비망록에 쓰여있어? 내가 네 밑으로 들어간다고?"

순간 담천의 표정이 얼어붙었다.

독고월은 손으로 턱을 잡았다. 장기판에서 장군이라고 부를만한 상황이 찾아온 것이다.

어쩐지 담천이 자신을 날뛰게 놔둔다고 여겼는데, 생각해보면 지극히 간단한 문제였다.

담천이 그런 쓸데없는 인내심을 발휘하며 독고월을 살려두는 이유가 뭐겠나.

"왜 비망록에 쓰이는 대로 일이 진행되지 않을 것 같으니 불안한가 보지? 내가 네 밑으로 안 들어오면 믿음의 근간이 흔들릴 것 같아서?"

"주둥이 닥쳐라."

처음으로 격해진 담천의 목소리였다.

우우우웅.

대기가 떨리는 게 보일 정도로 담천의 전신에선 폭풍 같은 기파가 흘러나왔다.

독고월은 새삼 놀랐다. 담천에게서 느껴지는 기세는 상상 이상이었다. 맞서는 게 두렵다는 생각이 절로 들 정도로 대단했다.

어째서 십일야가 담천의 말에 꼼짝 못하는지 알겠다.

이건 숫제 괴물이었다.

도저히 인세에 존재해서는 안 될 괴물 중의 괴물.

그 진면목을 마주한 독고월의 주먹이 꽉 쥐어졌다. 양손바닥은 이미 땀으로 흥건했다. 그럼에도 나오는 말투는 여전하다.

"정답이었네. 어쩐지 이상하다 했어. 한 치의 오차도 허용하지 않는 완벽주의자께서 비망록에 쓰이는 대로 되지 않으면 오금이 저릴 정도로 불안한 거라면, 뭐 이해는 되네. 어이, 담천."

"……."

"이거 실망인데? 천하를 꿀꺽 삼킬 놈이 새가슴이라니 말이야. 천하를 논하려는 네놈도 치졸한 그 새끼들……흡!"

독고월은 말하다 말고 급히 양손을 들어 막았다.

순식간에 장력이 들이닥친 것이다.

콰아아아앙!

내실이 그대로 폭발했다. 벽력탄 십 수 개를 일제히 터트린 것과 맞먹는 위력이었다.

담천이 뻗었던 손을 거두었다.

"주둥이 다물라고 했다."

"크큭."

담천이 처음으로 가한 일장에 독고월은 입꼬리 한쪽을 올렸다. 기습적인 장법에 큰 피해는 없었지만, 호신강기를 전력으로 끌어올렸기에 망정이지, 하마터면 입을 놀리다가 뒈질 뻔했다.

"본좌가 네놈에게 우습게 보여도 한참 우습게 보였구나."

"뭘 새삼스럽게 그래. 처음부터 우습게 봤는데."

"크윽."

담천의 백미가 파르르 떨렸다.

독고월은 전혀 기죽지 않았다.

그것만 봐도 알겠다. 독고월은 회유할 수 있는 대상이 아니었다. 회유대상이 아니라면 제거하면 되는 간단한 일이었다.

문제는 비망록에 처음으로 오점이 생기는 것이다.

비망록엔 독고월을 회유할 수 있다고 쓰여있었는데, 그

걸 제 손으로 죽여버리는 짓은 스스로 비망록에 쓰인 사실 자체를 부정하는 일이었다.

그럼으로써 생긴 불신의 싹은 어떤 결과를 싹 틔울까.

야주 담천은 감히 가늠할 수가 없었다. 첫단추부터 잘못 끼면 줄줄이 잘 못 끼는 게 세상 일이다.

지금 이 상황이 첫단추는 아니라고 하지만, 담천의 마음 속에 싹 틔운 이 불신이란 감정은 어쩌란 말인가.

담천은 혼란스러웠지만, 이내 평정을 되찾았다. 방법을 찾은 것이다.

탁.

마침 은야도 도착했다. 하얀 천으로 감싼 걸 든 그녀를 담천과 독고월이 바라봤다.

은야는 엉망이 된 내실에 하얀 천의 윗부분을 움켜쥐었다. 조금이라도 움직이면, 이걸 박살 내겠다는 듯이 말이다.

독고월이 조소를 그렸다.

"시체는 시체일 뿐이지."

행여나 저걸로 협잡할 생각은 하지 말라는 것이었다.

담천도 그 정도로 멍청하진 않았다.

"아까 말했을 것이다. 본좌가 약속은 지킨다고."

막 박살을 내려던 은야의 손이 거두어졌다. 담천으로부터 전음이 이어진 탓이다.

독고월의 눈빛이 가늘어졌다. 수상쩍은 상황이었다.

은야의 눈빛이 음험하게 빛났다.

담천이 내린 명령은 누워서 식은 죽 먹기였다.

담천이 다시 한 번 제안했다.

"본좌의 수하가 되어라."

"지겹군."

단칼에 자른 독고월이 은야에게 손짓했다. 그거나 가져
오라는 것이다.

한데 담천은 여유로운 미소를 지었다.

마치 이러고도 네가 거절할까 라는 듯한 승리자의 여유
랄까?

독고월은 눈을 가늘게 떴다. 담천의 이어진 지껄임이 원
인이었다.

"본좌가 그간 자네의 행적을 살펴보니, 얼마 전에 이곳
에 다녀갔더군."

"……."

"그래서 본좌는 생각했네. 이곳에 자네의 마음에 적잖
은 비중을 차지하는 뭔가가 있다고 말일세."

"그런데?"

독고월은 아무렇지도 않은 듯이 되물었다.

담천은 저열한 미소를 지었다.

"인의무적 남궁일 대협."

"그게 뭐?"

독고월은 드물게 당황한 표정을 지었다.

담천은 대답 대신 손을 들었다. 은야가 그대로 하얀 천을 벗겼다. 그러자 드러난 초난희의 시신이었다.

독고월이 씹어뱉듯이 말했다.

"시체는 시체일 뿐이라고 말했을 텐데."

"자네 말이 맞네. 하지만……."

잠시 뜸을 들이던 담천의 손에 초난희의 시신이 이끌려왔다.

독고월이 움찔거렸다.

담천은 그걸 보며 처음으로 흉흉한 미소를 지었다. 지금껏 감추어둔 이빨을 드러낸 비열한 야수와 같았다.

"……화전민촌의 생존자들은 아니지. 곽씨라고 했던가? 아기들도 있었던 걸로 기억하는데 말이네."

第 **10** 章

1

덥석.

초난희의 시신을 받아든 독고월을 향해 담천이 되물었다.

"지금이라도 늦지 않았네? 본좌는 보다시피 약속을 잘 지킨다네."

"……."

"그러니 꿇게나."

담천이 느긋하게 명했다.

독고월은 차가운 그녀의 시신을 한 손으로 안아 들었다.

담천은 설마 했다.

화전민촌의 생존자들로 독고월을 옭아맬 수 없는 건가?

아무리 충격으로 사람이 달라졌다지만, 본질은 변하지

않는 법이다.

그는 인의무적 남궁일이었다.

그러니깐 이 협박이 통하고도 남았다. 초난희의 시신을 건네줌으로써 약속을 지켜주는 모양새도 냈고, 가부만 결정하면 그깟 벌레 같은 것들은 살려둘 용의도 있었다. 명분보다 사람을 중요시하는 놈에게 이보다 더 좋은 인질도 없고 말이다.

한데 담천은 왠지 모를 초조함을 느꼈다. 놈이 계속해서 거절하면 자신 스스로 비망록의 오점을 만들어야 했다.

그때였다.

담천의 두 눈에 희열이 감돌았다. 독고월이 무릎을 굽히고 있어서였다.

담천은 그러면 그렇지 란 생각을 하며 기껍다는 듯이 웃었다.

"잘 생각했네. 본좌가 섭섭지 않게……!"

담천은 하던 말을 멈췄다. 독고월의 굽혔던 무릎이 도로 펴진 것이다.

"다리가 저려서."

"……."

담천의 살짝 벌려진 입을 보면서 독고월이 조소를 흘렸다.

"화전민촌은 네 마음대로 하고. 난 간다. 네놈 말대로 약속을 잘 지킨다니 이제 와서 뺏거나 그러진 않겠지?"

독고월은 그리 말하며 담천을 지나쳐갔다. 섬전행을 펼칠
것도 없었다. 그냥 제집 드나들 듯이 편안하게 걸어갔다.

담천의 고개가 돌아갔다.

"멈춰라."

"싫어."

"멈추라고 했다!"

담천의 일갈에 독고월은 이죽거렸다.

"노친네가 지저분하게 왜 이래? 조금 전 약속 잘 지킨다
고 했잖아?"

역시나 걸음은 멈추지 않았다.

담천은 허연 머리카락이 곤두설 정도로 분노했다.

"멈추지 않으면 화전민촌에 살아남은 이들을 모조리 죽일
것이다. 그리고 조각조각 내어 들개의 밥으로 만들어줄 테다."

"강호 정복하랴, 개밥까지 챙겨주랴. 많이 바쁘시겠네."

독고월은 초난희의 시신을 들고 계속해서 걸었다. 손까
지 흔들어줬다.

부르르르.

담천이 떠는 게 아니었다. 대기가, 대지가 진동하는 중
이었다. 고산채가 당장에라도 허물어질 듯이 요동쳤다.

격노한 담천이 내뿜는 기파는 그 정도로 대단했다.

그게 신호가 됐음인가.

누군가의 신형이 쏘아졌다.

그 신형의 주인이 당연히 은야 임을 간파한 독고월이 피식 웃었다.

"잘 해봐."

오히려 응원까지 해줬다.

막 기세를 끌어올려 독고월의 뒤를 치려던 담천이 의구심 섞인 시선을 보냈다.

그 의구심에 대한 답은 금방 나왔다. 화전민 촌은 이곳에서 멀지 않았기에 은야가 금방 돌아온 것이다.

달싹이는 은야의 입술.

담천이 고리눈을 떴다.

"놈, 미리 빼돌렸구나!"

"후후."

독고월은 그저 웃었다. 담천의 성난 얼굴을 보아하니, 초난희가 쓴 비망록에 그런 내용은 없었나 보다.

"참 대책 없는 계집애야. 저를 내치고 배신한 사람들이 피할 구멍도 만들어주고 말이야. 워낙 하잘 것 없어 하는 파리 목숨 들인지라, 이 대단하신 노친네가 미처 신경 쓰지 못한 것도 있을 테지만, 참 난 년은 난 년이야."

독고월은 그리 중얼거리며 낭랑한 웃음을 터트렸다. 그리고는 진각을 밟았다.

파앙!

순식간에 쏘아진 독고월의 신형은 마치 번개와 같았다.

우르릉!

드디어 섬전행을 펼친 것이다.

"섯거라!"

담천도 불호령과 함께 진각을 밟았다. 이마에 깊은 고랑이 패인 것이 강호 끝까지 쫓아갈 기세였다.

담천의 신형이 사라지자, 은야 또한 그 뒤를 따랐다. 멀지 않은 곳에 대기 중인 팔야를 데리고 올 작정이었다. 협상은 끝났다. 비 전투원인 사야와 독야를 제외한 나머지가 필요했다.

독고월의 섬전행은 그 정도로 대단했다.

몰이 사냥을 할 시간이 찾아왔다. 아무리 빠르다고 한들 독고월은 그들을 떨쳐낼 수가 없을 것이다.

독고월이 마신 술엔 독야가 특별히 제조한 고독(蠱毒)이 담겨 있었다. 초절정 무인도 눈치채지 못 할 존재감을 가진 고독이었다. 독성과 활동력이 사라진 대신, 모고(母蠱)와 자고(子蠱)를 나눠마시면 서로의 위치를 알 수 있게 해주는 독야만의 작품이었다.

어느 한 쪽이 죽을 때까지 절대로 죽지 않는 그 고독을 독고월이 마신 것이다.

은야는 비릿한 미소를 지었다.

복수의 시간이 찾아왔다.

독고월이 모습을 드러낸 곳은 의외의 장소였다.

남궁일이 죽었던 절벽 위.

현재 독고월이 서 있는 장소였다.

독고월은 안고 있던 초난희의 시신을 등 뒤로 옮겼다. 그리곤 벗은 제 상의를 이용해 초난희를 빈틈없이 묶었다.

-버리고 도망가요, 제발.

초난희의 흐느끼는 울림이 들려왔지만, 독고월은 들은 척도 하지 않았다.

-당신 죽는다고요.

"누구나 언젠간 죽지."

심금을 울리는 울림에도 독고월은 냉소적이었다.

-왜 그래요, 정말? 저 싫어하셨잖아요, 저 보고 찰거머리 같은 계집이라고 했잖아요. 그냥 놔두고 도망가라구요. 제발. 진짜 부부도 아니면서 왜 그래요!

"그렇지. 이 남편 잡아먹는 계집 같으니."

-그러니까 대체 왜!

성난 울림에 독고월은 피식 웃었다. 설마 제 입으로 이 말을 다시 하게 될 줄은 몰랐다.

"남아일언…… 중천금(重千金)이지."

-…….

계약부부를 내세워 초난희가 확언을 받을 때 했던 말이었다. 설마 이게 그를 옭아매어 이런 말도 안 되는 짓을 할줄은 몰랐다.

이건 그녀가 예상 아니, 예지 못한 장면이었다.

천기를 보는 그녀조차도 보지 못할 정도로 독고월의 기행은 파격적이었다. 천기를 어그러트리고 태어난 존재이기에 변수를 만들어내는데 적격이나.

이런 걸 원한 건 아니었다.

강호를 구하는 데 필요한 변수지, 사지로 걸어 들어가는 변수를 말하는 건 아니었다.

초난희는 애원했다.

-부탁해요, 당신과 난 부부가 아니에요. 그러니깐 이제 그만해요. 곧 그들이 오면 당신 정말 죽는다고요. 왜 억지를 부리고 그래요. 흐흑!

"계집의 마음이 갈대라더니, 아주 지멋대로고만?"

-제발요, 당신 죽어요!

"이년이, 아주 지 남편보고 죽으라 악담을 퍼붓네."

-으으, 정말 왜 이래요.

이죽거리는 독고월도 자신이 왜 이러는지 이유를 알 수가 없었다. 이런저런 핑계를 대고 있지만, 초난희의 울림이 말한 것처럼 억지일 뿐이었다.

하지만 자신마저 버린다면.

그마저도 초난희를 버리고 간다면.

대의라는 허울 좋은 명분에 그녀를 버린다면.

앞서 봤던 그 추악한 놈들과 다를 게 뭘까?

피에 잠길 강호를 위해 울어주느니 차라리 그녀를 위해 울어주는 게 여러모로 낫다.

-제발 부탁해요, 그냥 절 버리고 가요. 이곳에 있으면 안 된다구요. 흐윽, 이제 그만 장난쳐요!

"이제 와서 말하는 건데? 아까 그 술에 뭔가 들어있었던 것 같은데, 너 그거 몰랐어?"

-설마 고독!

"머릿속이 간지러운 게, 그런 것 같군."

-아, 아아! 안 돼.

초난희는 절망에 빠졌다. 워낙 변수가 많은 독고월의 일인지라, 이번 일은 그녀조차 예지할 수 없었다.

-이건…… 아아, 정말 미안해요. 내 탓이에요. 내가 잘못한 거예요. 미안해요, 정말 미안해요.

그녀가 보낸 울림이 미친 듯이 떨렸다.

적어도 그녀는 자신을 위해 울어주잖는가.

독고월은 냉소를 흘리며 비수를 부여잡았다.

"마신 건 난데 왜 네가 지랄이야?"

-으흐흑, 지금이라도 도망가요, 제발

"이미 늦었다."

그랬다.

쿵!

허연 머리카락 올올이 곤두선 담천이 대지를 디뎠고, 곧
아홉이 더해졌다.

광야와 은야를 포함한 구야가 흉흉한 기세로 바라봤다.

"똥개새끼들, 여전히 잘 몰려다니네."

여전한 독고월의 이죽거림 덕분이었다.

2

일종의 기시감.

마치 그날처럼 열 명의 인원이 독고월을 에워싸고 있었다.

그들에게 느껴지는 흉흉한 기운은 그날의 곱절 아니, 그
수십 배는 됐다.

초절정고수 아홉과 절대고수 하나.

그중 단연 압권의 기세를 내뿜는 절대고수 담천이 주위
를 둘러봤다.

"이곳이 네놈의 죽을 자리이더냐?"

"아깐 살려줄 듯이 그러더니, 왜 지금은 마음이 바뀌었지?"

"……."

순간 담천은 할 말을 잃었다.

독고월은 피식 웃었다.

"여인의 마음은 갈대라더니, 꼭 그렇지민은 않네. 노신네의 마음이 더 갈대 같지."

"으흐흐."

담천은 폐부를 긁는 듯한 낮은 웃음소리를 내었다.

그 불길하기 짝이 없는 웃음소리에 구야는 가슴 속이 답답했다.

광야는 그 웃는 모습이 너무나도 두려웠다. 아주 담천을 모신 이래로 이렇게 화난 모습은 처음이었다.

진정한 분노는 요란하지 않은 법이다. 속에서 다듬고 예리하게 벼려지는 것도 모자라, 오랜 시간을 담금질하여 세상 밖으로 나온다.

군자의 복수가 십 년이 걸려도 늦지 않는다는 말처럼, 진정한 분노는 조급하지 않았다. 수없이 다듬어진 뒤에 소리소문없이 드러날 뿐이었다.

지금의 담천처럼.

"자네 말이 맞네. 본좌가 실수했지."

아까와 달리 여상한 태도로 미소까지 짓는 담천에게서 독고월은 죽음의 향기를 진하게 맡았다. 차원이 다른 긴장감이 엄습했다.

장난은 여기까지다.

독고월은 진지한 태도로 다가올 전투에 임했다.

그래도 아쉬웠는지 담천이 한 번 더 물어왔다.

"지금이라도 늦지 않았지만."

"……"

"죽고 싶어 안달 난 놈에겐 개 풀 뜯어 먹는 소리겠군."

가면을 벗어던진 야주가 흉측하게 웃었다. 그리곤 손을 들었다.

광야가 기다렸다는 듯이 나섰다.

"아닐세."

야주 담천이 고개를 가로저었다.

광야가 의아한 눈초리로 바라봤다가, 똥 씹은 얼굴을 했다.

담천은 포진한 팔야를 바라보고 둘러보는 중이었다.

그게 무슨 뜻이겠나.

한꺼번에 나서라는 소리지.

구야가 모두 나서는 초유의 사태가 벌어진 것이다.

담천은 팔짱을 낀 채 뒤로 물러났다.

"구야를 상대로 살아남으면 살려주마."

"뭐?"

독고월마저 당황했는지 그답지 않게 되물었다.

담천은 친절히 설명해줬다.

"고이 보내준다는 약속은 지켜야지? 한데 본좌는 보내주고 싶은데, 나머지 구야들은 어떨지 모르겠군. 만약 구야에게서 살아남으면 살려주겠네."

"약속이행은 헌신짝처럼 버리는 노친네가 약속, 하난

끝내주게 잘 내거네."

"……."

담천은 말이 없었다.

그에 반해 광야를 비롯한 팔야는 자존심이 무척 상했다. 그들은 입술을 피가 나게 깨물었다.

아무리 놈이 강하다고 한들.

자신들은 지고한 경지에 오른 초절정고수인데다, 숫자도 아홉이었다. 결과는 불을 보듯 뻔했다.

한둘만 나서도 충분한 것을.

광야가 제게 맡겨달라는 듯이 또 한 발 나섰지만, 야주 담천은 허락하지 않았다. 거기서 끝이 아니었다. 광야를 보며 따르기 어려운 명령까지 내렸다.

"모두 화신단을 복용해라."

"……!"

광야는 물론이고, 팔야 모두가 파르르 떨었다. 감히 명령을 대놓고 거절하지 못했지만, 그것만으로도 충분한 시위가 되었다.

야주 담천은 눈 하나 깜짝하지 않았다.

야속하다곤 하나 그들은 따를 수밖에 없었다.

광야가 품에서 목함을 꺼내 들었다. 그리곤 목함을 열어 화신단을 손에 쥐었다.

그제야 나머지 팔야도 광야를 따라 화신단을 꺼냈다. 설마 이런 식으로 다 쓰게 될 줄은 몰랐던 그들이었다.

잠력환에 필적한 효과가 있는 화신단이다.

손에 든 화신단을 보고 갈등하는 구야를 보고 독고월은 코웃음을 쳤다.

"북리천극이 먹었던 거군. 역시 '약속 따윈 개나 줘버려' 노친네 답네."

족히 배 이상은 강해졌던 북리천극의 기세가 떠올라서 한 말이었다.

담천이 그 말을 받아줬다.

"……은야는 여인이니 어떨지 모르나, 사내인 팔야의 전투력은 극도로 강해지지. 자네에게 천적이나 다름없는 극양지기를 지닌 채 말이야. 고작 북리천극을 대상으로 쩔쩔맸는데, 이 아홉을 상대하려면 어떻게 될까?"

"뭬지겠지. 몰라서 물어?"

"혹시나 해서 말하는데 도망다니며 시간을 끈다는 순진한 생각은 하지 않는 게 좋을 거네. 구야의 구겨진 자존심이 결코, 허락지 않을 거니까."

담천은 그 말을 끝으로 입을 닫았다.

독고월이 기어코 한 마디 더 덧붙여줬다.

"치졸한 노친네."

"뭐하는가!"

성질이 난 담천이 소리질렀다.

구야는 어쩔 수 없다는 듯이, 서로 돌아봤다. 이내 고개를 가로젓고는 화신단을 입안에 털어 넣었다.

꿀꺽.

하나도 남김없이 복용한 결과, 격렬한 변화가 찾아왔다.

쿠와아아앙!

초절정 고수가 내뿜는 극양지기에 대기가 요동치더니 폭발했다.

광야는 눈에서 극양지기가 줄기차게 흘러나왔다.

은야만이 잠잠했다.

고개를 끄덕인 담천은 그걸 끝으로 독고월을 머릿속에서 지워버렸다.

"어디 한 번 살아남아 보게."

그 말을 신호로 구야가 일제히 달려들었다.

3

"하아아압!"

광야가 독고월을 향해 주먹을 미친 듯이 휘둘렀다. 그 속도와 위력은 북리천극과 비교를 불허했다.

독고월이 섬전행을 펼쳐서야 가까스로 피할 정도였다.

쑤욱!

하지만 이미 뒤엔 은야의 검이 기다리고 있었다.

스아악!

독고월이 온 힘을 다해 허리를 비틀지 않았다면, 은야의 검에 심장이 꿰뚫렸을 것이다.

하지만 여기서 끝이 아니었다.

쇄애액!

위력적인 각법이 날카롭게 뻗어졌다. 팔야중 하나가 전력을 다해 펼친 각법인지라 피하는 건 불가능했다.

독고월은 팔을 들어 가슴을 보호했다.

빠아악!

둔탁한 격타음과 함께 독고월이 튕겨지다 못해 날아갔다.

"크윽!"

그걸 맞는 순간, 독고월은 깨달았다. 이 단 한 번의 일격에 팔뼈에 금이 갔음을!

바람든 돼지 오줌보처럼 걷어차인 독고월이 급히 땅을 굴렀다.

휘휘휘휘휘휙!

암기가 바닥을 수놓았다. 하지만 워낙 빠른데다 피할 방위를 점하고 던진지라, 모든 걸 피하는 건 불가능했다.

퍼버벅!

독고월의 금이 간 팔에 암기 서너 발이 꽂혀 있었다. 등으로 날아오던 암기들을 팔을 뒤로 뻗어 막은 덕분이었다. 초난희의 시신을 보호하기 위해서였다.

"허어, 그럴 여유가 있다니 놀랍군?"

느닷없이 들려온 목소리.

이번엔 지면이었다.

"제길……!"

나려타곤을 하던 독고월이 그대로 땅을 밀어냈다.

콰아아앙!

방금 독고월이 있던 자리가 폭발할 듯이 터져 나갔다. 지둔술(地遁術)이라도 익혔는지 땅속에서 있던 놈이 갈퀴 같은 병기를 쏘아 보낸 것이다.

퍽, 퍽!

둔탁한 소음, 갈퀴가 독고월의 양 어깨를 잡아챘다.

물론 독고월도 잠자코 당하지 않았다.

후아아앙!

육도낙월(六刀落月) 중 제일도 삭월도(朔月刀)를 펼쳐 들었다.

삭월을 닮은 도기의 다발이 지면을 향해 내리꽂혔다.

콰콰콰콰쾅!

지면이 지진이라도 난 것처럼 초토화됐다.

독고월의 낯빛이 좋지 않았다. 이미 상대는 지둔술로 저만치 사라진 뒤였다.

"제법이군."

"……!"

바로 등 뒤에서 들려오는 목소리에 독고월은 기함할 정도로 놀랐다. 누군지 조차 모르겠다.

"하지만 이 정도라면 정말 실망할 것 같구려."

휘아앙!

말이 끝나기 무섭게 쌍장이 독고월의 등을 강타했다.

어마어마한 위력의 장력은 독고월을 곤죽으로 만들고도 남았다.

피하기엔 늦었다.

호신강기를 전력으로 끌어올린 독고월, 거기에 그치지 않고 피하려고 섬전행을 극성으로 펼쳤다.

우르릉!

날벼락 치는 소리와 함께 장력의 사정권을 겨우 벗어날 수 있었다.

하지만 독고월은 제 옆에 귀신처럼 따라붙은 놈을 봤다.

"항상 궁금했지. 과연 네놈이 빠를지 이 섬야(閃夜)인 노부가 빠를지 말이네."

공간의 형체가 분간이 안갈 정도로 빠른 상태인지라, 상대의 얼굴이 보이지 않았다. 하지만 희끄무레한 형체가 강변했다.

나는 네놈보다 빠르다고.

퍼엉!

독고월의 옆구리에 꽂힌 발톱이 있었다.

섬야란 놈이 가한 조공이었다.

"크윽!"

독고월은 한 웅큼 뜯겨나가는 옆구리 살에 신음성을 냈다.

섬야가 흉측한 목소리를 내었다.

"섬전행(閃電行)이라고? 웃기지도 않는군. 앞으론 구행(龜行)이라고 불러주마. 물론 살아남았을 때 이야기지만."

좌악!

피가 하늘에 흩뿌려졌다. 물론 독고월의 피였다.

"하압!"

독고월은 월광도를 미친 듯이 휘둘렀다.

콰콰콰콰쾅!

제이도 반월도가 목소리가 난 쪽을 향해 퍼부어 졌다.

"이크!"

경악 어린 신음성이었지만, 여유가 그득 담겨 있었다.

역시나 놈의 목소리는 저만치에서 들려왔다.

"속도는 떨어지지만, 위력은 제법이군. 하마터면 죽을 뻔했다네."

"……!"

독고월은 한숨을 돌릴 틈도 없이 닥치는 공격들에 대꾸할 수가 없었다.

초절정고수들의 합격술은 그야말로 악몽이었다.

도저히 어찌해볼 새가 없을 정도였다.

거기다 화신단을 복용해서 그런지 갈수록 느려지는 독고월이었다.

그들이 뿜어내는 위력도 위력이지만, 극양지기가 내부로 침투한 덕분이었다. 몸속에 흐르는 극음지기가 원활하게 움직이지 않았다.

"제기랄!"

독고월은 사력을 다해 내력을 끌어올렸다. 그리고는 섬전행을 펼쳤다.

우르릉!

벼락이 흩뿌려진 방향은 저 푸른 창공 위였다.

"아주 용을 쓰는군."

누군가의 이죽거림에 독고월은 이를 깨물었다.

하지만 이대론 멈출 순 없었다.

제삼도 망월도(望月刀).

제사도 잔월도(殘月刀).

이 두 개의 초식을 연달아 펼친 것이다.

밤하늘이 갈가리 찢겨 나갈 정도의 어마어마한 위력을 지닌 망월이 히죽거리고 있는 구야를 향해 쏟아져 내렸다.

꾸르르릉!

절망이란 말을 불러일으킬 정도로 엄청난 폭음이 천지를 울렸다.

거기서 끝이 아니었다.

은밀하게 숨죽인 도기의 다발, 잔월이 그 폭음을 갈가리 찢어발기기 위해 떨어져 내렸다.

독고월은 이를 악물었다.

밑에 느껴지는 기척은 아홉.

하나는 죽었나 했지만, 그 하나는 바로 등 뒤에 있었다.

뿌드득!

"네까짓 놈 죽이자고 투입된 게 자그마치 아홉이다. 거기다 화신단까지 처먹었고."

어느새 독고월의 뒤를 점한 광야가 이를 부서질 듯이 갈았다.

독고월은 뒤를 도는 순간 자신이 할 수 있는 최강의 초식!

쫘자자자자작!

벼락이 광야를 향해 줄기차게 뻗어 나갔다.

"……!"

이번엔 광야가 두 눈을 부릅떠야 했다.

육도낙월.

제오도 섬월(纖月)이었다.

4

휘이이.

누군가 하늘에서 떨어져 내리고 있었다.

"설마 당한 건가요?"

은야의 말에 모두가 고개를 가로저었다.

섬야가 히죽 웃었다.

"광야를, 그까짓 애송이가? 설마 노부와 농담하는 거겠지?"

"……."

은야는 살짝 기분이 나빴지만, 곧 떨어지는 신형에 고개를 돌렸다.

쿠웅!

흙바닥이 패일 정도로 곤두박질친 인형.

당연히 독고월이었다.

땅을 짚은 독고월의 양손이 바르르 떨렸다. 이루 말할 수 없는 충격을 받은 듯이 두 눈동자는 이미 풀려있었다. 상체를 들자, 아로새겨진 검상이 보였다.

거기서 피가 줄줄 흘러나와 내를 이루고 있었다.

"광야의 도법에 당했군. 쯧쯧! 살아남긴 글렀군, 글렀어."

탁.

섬야의 이죽거림이 사실이라는 듯이 광야가 독고월의 옆에 내려섰다.

독고월을 보는 광야의 눈빛이 달라졌다. 이들과 달리 조롱기는 사라져 있었다.

놈이 펼친 섬월은 정말이지 대단했다. 하지만 그것보다 더 대단한 게 있었다.

등 뒤에 맨 시신.

그걸 보호하기 위해 제 가슴팍을 내준 놈이었다. 어째서 놈이 이렇게 계집의 시체에 집착하는지 모를 일이나, 제 목숨이 왔다갔다하는 중에도 보호하려고 애쓰는 모습이 묘한 감흥을 안겨줬다.

"초난희와 무슨 관계인가?"

그래서 광야답지 않게 물어보기까지 했다.

야주 담천은 광야의 도법에 독고월이 당하는 순간, 자리를 떴다. 뼈를 가른 일격이었다.

독고월은 눈빛도 바람결 앞의 등불처럼 흔들리는 중이다.

이 자리의 모두가 알았다.

놈은 살아남기 글렀다는 것을.

"흐으, 흐흐!"

그럼에도 독고월은 웃었다.

"뭘 웃어?"

퍼억!

섬야가 빛살처럼 날아와 독고월을 걷어찼다.

그리고 지둔술을 펼치고 있던 지야(地夜)가 독고월의 등 뒤를 향해 갈퀴를 뻗었다.

독고월의 등에서 떼어내기 위함이었다.

퍽, 퍽!

결과적으론 실패였다.

쌍 갈퀴는 초난희의 시체 대신 독고월의 양팔을 움켜쥘 뿐이었다.

"허어? 뭐 그년의 기둥서방이라도 되는 가봐? 저리 애지중지 보호하는 걸 보면 말이야."

누군가 한 말에 광야가 고개를 끄덕였다.

콰앙!

갈퀴가 솟아나온 지면이 폭발했다.

독고월이 전력을 다해 내리친 탓이다. 갈퀴에 양팔을 못 쓸 정도로 엉망이 돼도 아랑곳하지 않은 게다.

효과는 있었다.

"커헉!"

설마 그대로 공격할 줄 몰랐던 지야가 너무 놀란 반대쪽에서 튀어나왔으니까.

섬야가 킬킬거렸다.

"하마터면 뒈질 뻔했군."

"입 닥치게!"

십 년 감수한 지야가 바락 소리 질렀지만, 모두 실소를 흘릴 뿐이었다.

텅, 텅.

갈퀴를 떼어낸 독고월이 비틀거리며 일어났다. 혈인이 된 독고월의 몰골은 그야말로 참혹했다.

"이야, 정말 대단한 놈일세."

섬야가 혀를 내두를 정도였다.

만약 일대일이었다면, 어찌 됐을까?

모두의 공통된 생각이었다.

화신단마저 없었다면.

놈이 퍼붓던 육도낙월이 준 섬뜩함은 고개를 절로 가로젓게 하였다. 새삼 야주의 선견지명에 감탄한 그들이었다. 그들도 생각하는 머리가 있고, 보는 눈이 있다. 만약 자신들이 동료들의 합격술을 받았다면, 일각도 못 버티고 목숨을 내주리라.

오직 광야와 상위 몇몇만이 독고월처럼 제법 버틸까?

"제길, 저 새끼 저거 귀신이 아닐까 싶은데. 좀 더 가지고 놀면 답 나오겠어? 어떤가? 다시 합격술을 펼치는 게."

섬야는 그리 말하고는 동료들에게 동의를 구했다.

하지만 동료들은 동의를 하지 않았다.

일종의 경외감.

광야를 포함한 몇몇은 우습게도 독고월에게 그런 감정을 품고 있었다. 아무리 그들이 강호를 전복시키려는 악당이라고 해도, 기본적으로 초절정에 이른 무인들이었다.

몸이 저리 넝마가 됐는데도 누군갈 지키기 위해 버텨내는 저 모습에 감탄할 수밖에 없었다.

양팔은 다시는 쓸 수 없을 정도로 엉망이 됐고, 옆구리살을 한 움큼 뜯긴 곳은 내장이 쏟아져도 무방할 정도로 심각했다. 거기다 극독을 바른 암기를 팔에 허용한 것도 모자라, 가슴을 가로지르는 깊은 검상까지.

흘린 피양만 해도 지금 서 있는 게 용할 지경이었다.

섬야가 귀신이라고 말했던 것이 무방할 정도로 끔찍한 몰골이었다.

야주 담천이 자리를 떠난 것만 해도 알만하다.

독고월은 지금 죽어도 이상할 것이 없었다.

광야가 천천히 다가갔다. 자신의 애병은 땅에 푹 꽂았다.

"괜한 걸 물었군. 그렇게 애지중지하며 지키는 걸 보면, 소중한 사람이겠지."

"……."

독고월의 멍한 시선이 앞으로 향했다. 그건 정신을 차려서가 아니었다. 처음부터 계속 이 자세 그대로였다.

광야는 이미 눈치채고 있었다.

"대답할 수가 없었겠지. 이미 죽었으니."

"……!"

그 말에 모두가 놀랐다. 놈의 경이로운 실력과 정신력에 넋이 나가 눈치채는 게 늦었다. 그게 광야와 자신들과의 차이라는 게 못내 분했지만, 그들은 혀를 차는 정도에서 끝냈다.

천하제일은 아니더라도 세 손가락 안에 꼽힐 대단한 무인의 최후였다.

인의무적 남궁일.

그를 보는 시선 중에 약간이나마 부러움을 보내는 이가 있었다.

은야였다.

독고월이 그렇게 애지중지하는 모습을 보였던 시신이 초난희 임을 알기 때문이다.

턱.

광야가 독고월에게서 상의를 끌러 시신을 빼내려 했다.

"......!"

그러다 경악을 금치 못했다.

시신이 그 악전고투 속에서도 깨끗한 건 둘째 치더라도, 죽는 그 순간까지 놓지 않는 손 때문이었다.

아마도 마지막 순간에도 그 시신이 잘 있나 확인한 게 분명하다.

은야를 포함한 팔야 또한 그걸 보고는 헛웃음을 지었다.

"정말이지 애절하네요."

은야가 다가왔다.

광야가 고개를 끄덕였다. 혹시나 해서 손을 들어 독고월이 목과 가슴을 짚었지만, 얼음장처럼 차가워지는 중이었다. 그리고 맥박은 뛰지 않았다.

숨을 거둔 것이다.

광야가 내린 결론과 같은지 은야가 고개를 끄덕여줬다.

광야는 끌러낸 시신을 다시 독고월에게 묶어놓았다.

"그렇게 애지중지하며 보호했으니 같이 묻는 게 좋겠지."

"……"

광야는 독고월을 그대로 툭 밀었다. 독고월의 시신이 지야를 공격하며 만들어진 구덩이로 넘어갔다.

쿠웅.

바닥에 옅은 흙먼지가 일었다.

광야가 나직하게 읊조렸다.

"적이라고 해도 일세를 풍미한 무인이었다. 들짐승들의 밥으로 놔두긴 좀 그렇군."

은야도 동의한다는 듯이 고개를 끄덕였다.

"내가 묻죠."

남은 그들 중 가장 어린 그녀의 말에 나머지가 고개를 끄덕였다.

"하여간 여자들이란."

섬야의 이죽거림에 은야가 째려봤지만, 별 말하지 않고 흙으로 덮기 시작했다.

곧 독고월의 시신은 점점 흙에 덮여졌다.

광야가 등을 돌려 떠나가자, 나머지도 따라나섰다.

마저 흙을 덮어주려던 은야가 품속에 붉은 단약 하나를 슬며시 꺼냈다.

화신단.

야주 담천이 다 먹으라고 했지만, 그녀는 먹지 않았다. 극양지기를 일으키는 화신단이 여인인 그녀에게 좋을 리가 없었기 때문이었다. 잠재력을 끌어올리는 장점이 있었지만, 먹지 않아도 될 상황이었다.

하나 잡자고, 아홉이 달려들었다.

"필요없는 물건이지."

그리 중얼거린 은야는 구덩이를 향해 화신단을 버릴 작정이었다.

가지고 있다가 성질 더러운 야주에 괜히 문책을 받을지도 몰랐다. 제 명을 안 듣는 걸 가장 싫어하던 그 아니던가.

화신단을 던졌다.

툭.

떼구르르 굴러간 화신단이 독고월의 깊은 검상 쪽에 머물렀다.

얼굴에 떠오른 한 가닥 아쉬움.

그게 화신단이 아님을 은야는 잘 알았다.

"제법 아까웠어."

흙으로 채워진 평평한 지면에 흙바람이 일었다.

은야가 사라지며 남긴 아쉬움의 바람이었다.

〈6권에서 계속〉